背負某項缺陷的劣等生哥哥。
一切完美無瑕的優等生妹妹。
這對兄妹就讀魔法科高中之後，

風波不斷的每一天就此揭開序幕——

科高中的劣等生 6

The ir... at magic high scho...

橫濱騷亂篇〈上〉

佐島 勤
Tsutomu Sato
illustration
石田可奈
Kana Ishida

Kadokawa Fantastic Novels

Character
登場角色介紹

司波達也

就讀於一年E班，被揶揄為
「雜草」的二科生（劣等生）。
達觀一切。

司波深雪

就讀於一年A班。達也的妹妹。
以首席成績入學的優等生。
擅長冷卻魔法，溺愛哥哥。

西城雷歐赫特

就讀於一年E班，達也的同班同學。
擅長硬化魔法，個性開朗。

千葉艾莉卡

達也的同班同學。
擅長劍術，可愛的闖禍大王。

柴田美月

就讀於一年E班，達也的同班同學。
罹患靈子放射光過敏症。
有點少根筋的認真少女。

吉田幹比古

就讀於一年E班，達也的同班同學。
出自古式魔法的名門。
從小就認識艾莉卡。

光井穗香

就讀於一年A班，深雪的同班同學。
擅長光波振動系魔法。
一旦擅自認定後就頗為一意孤行。

北山 雫

就讀於一年A班，深雪的同班同學。
擅長振動與加速系魔法。
情緒起伏鮮少展露於言表。

森崎 駿

就讀於一年A班，深雪的同班同學。
擅長高速操作CAD。
身為一科生的自尊強烈。

里美 昴

就讀於一年D班，
宛如美少年的少女。
個性開朗隨和。

明智英美

就讀於一年B班，隔代混血兒。
全名是艾米莉雅．英美．
明智．格爾迪。

櫻小路紅葉

就讀於一年B班，
昴與艾咪的朋友。
便服是哥德蘿莉風格。
喜歡主題樂園。

七草真由美

三年級，前任學生會會長。在魔法科學生之中，
實力為歷代最高等級。

中条 梓

二年級，繼真由美之後的
學生會會長。
生性膽小，
個性畏首畏尾。

市原鈴音

三年級，前任學生會會計。
冷靜沉著的智慧型人物。
真由美的左右手。

服部刑部少丞範藏

二年級，前任學生會副會長。
繼克人之後的社團聯盟總長。

渡邊摩利

三年級，前任風紀委員會委員長。
為真由美的好友，
各方面傾向好戰。

辰巳鋼太郎

三年級，前任風紀委員。個性豪爽。

澤木 碧

二年級，風紀委員。
對女性化的名字耿耿於懷。

關本 勳

三年級，風紀委員會成員。
論文競賽校內審查第二名。

桐原武明

二年級。劍術社成員。
關東劍術大賽國中組冠軍。

五十里 啟

二年級，學生會會計。
魔法理論的成績
為全學年第一。
千代田花音的未婚夫。

壬生紗耶香

二年級。劍道社成員。
劍道大賽國中女子組
全國亞軍。

千代田花音

二年級。繼摩利之後的
風紀委員長。
五十里啟的未婚妻。

平河小春

三年級，以工程師身分參加九校戰。
主動放棄參加論文競賽。

十文字克人

三年級。
前任社團聯盟總長。

平河千秋

就讀於一年G班。敵視達也。

安宿怜美

保健醫生。穩重溫柔的笑容
大受男學生歡迎。

一条將輝

第三高中的一年級學生。
參加九校戰。
「十師族」一条家的繼承人。

廿樂計夫

擅長魔法幾何學的教師。
論文競賽的負責人。

吉祥寺真紅郎

第三高中的一年級學生。
參加九校戰。
以「始源喬治」的
別名眾所皆知。

一条 茜

一条家長女，
將輝的妹妹。
有點早熟的小學生。

一条美登里

將輝的母親。
個性溫和，
廚藝高明。

一条瑠璃

一条家次女，將輝的妹妹。
我行我素，行事可靠。

九重八雲

擅長古式魔法「忍術」。
達也的體術師父。

千葉壽和

千葉艾莉卡的大哥，
警察省國家公務員。
乍看之下像是遊手好閒的人。

千葉修次

千葉艾莉卡的二哥，摩利的男友。
具備千刃流劍術免許皆傳資格。
別名「千葉的麒麟兒」。

牛山

FLT的CAD開發第三課主任。
受到達也的信任。

鈴

森崎拯救的少女。
全名是「孫美鈴」。
香港國際犯罪組織
「無頭龍」的新領袖。

陳祥山

大亞聯軍特殊作戰部隊隊長。
為人心狠手辣。

呂剛虎

大亞聯軍特殊作戰部隊的
王牌魔法師。
別名「食人虎」。

小野 遙

一年E班的輔導老師。
生性容易被欺負，
卻有不為人知的另一面。

風間玄信

陸軍101旅獨立魔裝大隊隊長。
階級為少校。

真田繁留

陸軍101旅獨立魔裝大隊幹部。
階級為上尉。

柳 連

陸軍101旅獨立魔裝大隊幹部。
階級為上尉。

山中幸典

陸軍101旅獨立魔裝大隊幹部。
少校軍醫，一級治癒魔法師。

藤林響子

擔任風間副官的女性軍官。
階級為少尉。

九島 烈

被譽為世界最強
魔法師之一的人物。
眾人尊稱為「宗師」。

司波小百合

達也與深雪的後母。厭惡兩人。

周

安排呂與陳來到日本的
俊美青年。

Glossary
用語解說

一科生的徽章

司波達也的CAD

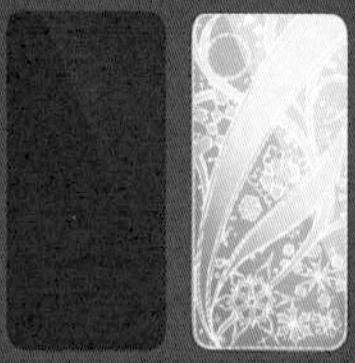

司波深雪的CAD

魔法科高中

國立魔法大學附設高中的通稱，全國總共設立九所學校。
其中的第一至第三高中，每學年招收兩百名學生，
並且分為一科生與二科生。

花冠、雜草

第一高中用來形容一科生與二科生階級差異的隱語。
一科生制服的左胸口繡著以八枚花瓣組成的徽章，
不過二科生制服沒有。

CAD

簡化魔法發動程序的裝置，
內部儲存使用魔法所需的程式。
分成特化型與泛用型，外型也是各有不同。

Four Leaves Technology〔FLT〕

國內一家CAD製造公司。
原本該公司製造的魔法工學零件比成品有名，
但在開發「銀式」之後，
搖身一變成為知名的CAD製造公司。

托拉斯．西爾弗

短短一年就讓特化型CAD的軟體技術進步十年，
而為人所稱頌的天才技師。

Eidos〔個別情報體〕

原為希臘哲學用語。在現代魔法學，個別情報體指的是
「伴隨事物現象而來的情報」，是「事象」曾經存在於
「世界」的記錄，也可以說是「事象」留在「世界」的足跡。
依照現代魔法學的定義，「魔法」就是修改個別情報體，
藉以改寫個別情報體所代表的「事象」的技術。

Idea〔情報體次元〕

原為希臘哲學用語。在現代魔法學，情報體次元指的是「用來記錄個別情報體的平台」。
魔法的原始形態，就是將魔法式輸入這個名為「情報體次元」的平台，
改寫平台裡「個別情報體」的技術。

啟動式

為魔法的設計圖，用來構築魔法的程式。
啟動式的資料檔案，是以壓縮形式儲存在CAD，魔法師輸入想子波展開程式之後，
啟動式會依照資料內容轉換為訊號，並且回傳給魔法師。

想子

位於靈異現象次元的非物質粒子，記錄認知與思考結果的情報元素。
成為現代魔法理論基礎的「個別情報體」，成為現代魔法骨幹的「啟動式」和
「魔法式」技術，都是由想子建構而成。

靈子

位於靈異現象次元的非物質粒子。雖然已經確認其存在，但是形態與功能尚未解析成功。
一般的魔法師，頂多只能「感覺到」活化狀態的靈子。

魔法師

「魔法技能師」的簡稱。能將魔法施展到實用等級的人，統稱為魔法技能師。

魔法式

用來暫時改變伴隨事物現象而來的情報之情報體。由魔法師持有的想子構築而成。

魔法演算領域

構築魔法式的精神領域，也就是魔法資質的主體。該處位於魔法師的潛意識領域，魔法師平常可以意識到魔法演算領域並且使用，卻無法意識到內部的處理過程。對魔法師本人來說，魔法演算領域也堪稱是個黑盒子。

魔法式的輸出程序

❶從CAD接收啟動式，這個步驟稱為「讀取啟動式」。
❷在啟動式加入變數，送入魔法演算領域。
❸依照啟動式與變數構築魔法式。
❹將構築完成的魔法式，傳送到潛意識領域最上層暨意識領域最底層的「基幹」，從意識與潛意識之間的「閘門」輸出到情報體次元。
❺輸出到情報體次元的魔法式，會干涉指定座標的個別情報體進行改寫。

「實用等級」魔法師的標準，是在施展單一系統暨單一工序的魔法時，於半秒內完成這些程序。

魔法的評價基準（魔法力）

構築想子情報體的速度是魔法的處理能力、
構築情報體的規模上限是魔法的容納能力、
魔法式改寫個別情報體的強度是魔法的干涉能力，
這三項能力總稱為魔法力。

始源碼假說

主張「加速、加重、移動、振動、聚合、發散、吸收、釋放」四大系統八大種類的魔法，各自擁有正向與負向共計十六種基礎魔法式，以這十六種魔法式搭配組合，就能構築所有系統魔法的理論。

系統魔法

歸類為四大系統八大種類的魔法。

系統外魔法

並非操作物質現象，而是操作精神現象的魔法統稱。
從使喚靈異存在的神靈魔法、精靈魔法，或是讀心、靈魂出竅、意識操控等，包括的種類琳琅滿目。

十師族

日本最強的魔法師集團。一条、一之倉、一色、二木、二階堂、二瓶、三矢、三日月、四葉、五輪、五頭、五味、六塚、六角、六鄉、六本木、七草、七寶、七夕、七瀨、八代、八朔、八幡、九島、九鬼、九頭見、十文字、十山共二十八個家系，每四年召開一次「十師族甄選會議」，選出的十個家系就稱為「十師族」。

含數家系

如同「十師族」的姓氏有一到十的數字，「百家」之中的主流家系姓氏也有十一以上的數字，例如「『千』代田」、「『五十』里」、「『千』葉」家。
數字大小不代表實力強弱，但姓氏有數字就代表血統純正，可以作為推測魔法師實力的依據之一。

失數家系

亦被簡稱「失數」，是「數字」遭受剝奪的魔法師族群。
昔日魔法師被視為兵器暨實驗樣本的時候，評定為「成功案例」得到數字姓氏的魔法師，要是沒有立下「成功案例」應有的成績，就得接受這樣的烙印。

為了實現全天候運作而推行自動化的港灣設施，在西元二〇九五年十月的現在，幾乎以無人方式運作。通關程序統一在白天進行，晚上的船舶入港、卸貨、載貨、出港程序完全自動化，只派駐少數的監視人員。

所需人手減少之後，各港灣進行全區重劃，更加嚴格隔離保稅區域與市區。船員也禁止登陸保稅區域，以作為防止偷渡者的對策。

相對的，在港灣設施完全自動化的深夜，船舶禁止在保稅區域以外的地方靠岸。需要讓船員上岸的船舶，必須在外海等到天亮有人管理港口。

入夜之後，貨運碼頭理應完全無人才對。

然而這天晚上，在即將換日的時刻，橫濱山下碼頭有著許多人隱藏行蹤的氣息。

『停靠於五號卸貨場的小型貨船有偷渡者登陸，請所有人盡快前往五號卸貨場。』

透過短程無線電下達的指令，使得兩名便衣刑警轉頭相視片刻後就同時奔跑。但是，兩人的表情卻是大相徑庭。

「真是的，果然是那裡嗎……」

「警部，現在不是抱怨的時候！」

「不過啊，稻垣兄……」

「少廢話，快跑！」

「我是你的長官啊……」

「在下年紀比較大。」

「真是的……」

千葉壽和警部隨便回應這個年長部屬並加快腳步。他負責警備的三號港岸，距離五號卸貨場有七百公尺的距離，再怎麼全力奔跑也要兩分鐘。但拌嘴的千葉警部與稻垣警部補，卻是三十秒就抵達現場。

一般來說，這不是人類跑得出來的速度。

他們兩人不是一般人，而是魔法師。

「人數果然不足。」

「這也沒辦法，畢竟只有魔法師刑警能對付魔法罪犯。」

「其實……並不是……那麼回事呢！」

千葉警部以有氣無力的對話代替打氣的吆喝躍向高空。

他手上是全長約一公尺，沒什麼弧度的木刀。

千葉警部在空中如同樹葉飄盪，越過手持消音機關槍，以三連發模式射擊的偷渡者人牆。包括這種跳躍力在內，能在沒有著力點的空中描繪拋物線以外的軌道，當然是因為用了魔法。

令人眼花的空中機動，不會允許偷渡者瞄準他進行支援射擊。

千葉警部描繪螺旋軌跡，襲擊最後排使用遠程攻擊魔法的三名魔法師。無視於重力與慣性的移動魔法，甚至鑽過敵方的魔法準心。他的木刀接連打倒三人。

他越過的人牆另一頭，稻垣以手槍擊倒機關槍射手。

千葉以包夾型式參戰，立刻鎮壓十幾名外國人。

數個地方也出現相同的打鬥場面，但不是逐漸平息就是已經解決，看來用不著助陣。

「警部，我們去扣留船隻吧！」

「呃，我也要？」

「少廢話！」

看來這對搭檔之中，部屬似乎敬業許多（應該說長官看起來過度缺乏敬業精神），但千葉警部再怎麼說也不會在偷渡現場渾水摸魚。

「知道了，我知道了。那麼稻垣兄，阻止船移動吧。」

「……由在下出手可能會弄沉吧。」

「無妨，課長應該會負責。」

「……看來您堅持不想負責。」

稻垣警部補垂頭喪氣，但朝手槍再度裝填無殼彈的動作卻是行雲流水。以左手按下槍柄底部按鈕，槍身上方安裝的瞄準輔助裝置就亮起運作燈。

緊接著武裝一體型ＣＡＤ——也就是裝入左輪手槍型武裝元件握把的特化型ＣＡＤ主體，隨即展開啟動式。

魔法式在扣下扳機的同時啟動。

施加移動暨加速系複合魔法的金屬被甲彈，不只固定軌道還增加了貫穿力，描繪著魔法式設定的軌跡貫穿離岸的小船船尾。

槍聲迴盪第二次、第三次之後，船尾氣泡冒出的氣勢變弱。只從船隻形狀預測位置的射擊，漂亮地射穿船尾螺旋槳的變速箱。

「漂亮。」

千葉警部悠哉地稱讚，手邊響起「啪嘰」的扣環開啟聲。

看似木刀的武器，其實內藏真刀。

千葉警部手持冰冷閃亮的白刃，如同連跳八艘船的源義經，跳向以慣性飄移的船。

跳到船上同時往下揮的刀刃，將船艙鐵門劈成兩半。

這是百家之一，千葉一門的祕劍——「斬鐵」。

不是將刀視為鋼塊或鐵塊，而是定義為「刀」這種單一概念，依循魔法式所設定的刀路而動的移動系統魔法。被定義為單一概念的「刀」如同單分子結晶之刃，不會折斷、彎曲或缺角，將會沿著刀路劈開所有物體。

千葉家長子千葉壽和，以再度揮下的刀刃開路，隻身踏入船內。

「警部，辛苦了。」

「真是的，這就是所謂的白費力氣。」

開始露出魚肚白的天空下，千葉警部沒有斥責這個明顯在憋笑的部屬，如同置身事外一般如此抱怨著。

他勇敢進攻的船內完全是空無一人的狀態。偷渡團應該打開船底艙門離開不久，開啟的艙門處不斷噴出海水。

正在緩慢沉沒的船，因為千葉開洞通風而加快沉沒速度，如今完全滅頂。

「似乎還沒找到逃進海裡的歹徒下落。」

「但我們早就知道那些傢伙會去哪裡了。」

差點連同船隻沉沒的青年，聳肩回應年長部屬另有用意的視線，背對朝陽看向西方。

◇　◇　◇

千葉警部所眺望的位置，是距離碼頭不遠之處，有條以橫濱的著名景點而為人所知，全國聞名的繁華街。

從這條街的主要幹道看不見的某間餐廳後院有一口大井。即使還是清晨，井邊卻站著一名身穿三件式西裝，打扮得體的年輕男性。

年齡約二十五歲。

是外型亮麗的青年。

並不是女性外貌，而是如同貴公子的俊秀外貌。

這名青年注視的井不是飲水用井，而是防災用井，井口以幫浦封住。幫浦所壓的井筒（設置在井口地面部分周圍的圓筒狀構造）其中一區毫無前兆地崩垮，全身溼透的男性從這個由內側敲破的洞爬出來。不只一人，陸續有男性爬出井口，人數到最後共十六人。

最後爬出來的中年男性，站在低調地微笑注視這一幕的青年面前舉手敬禮。青年將右手放在左胸，輕輕彎腰回禮。

「首先請各位換裝休息。早餐已經備妥了。」

青年如此搭話。

「周先生，感謝協助。」

中年男性以不甚感謝的語氣回應。

青年絲毫沒有因為對方的粗魯語氣改變笑容，就這樣帶領十六人進入建築物內部。

◇ ◇ ◇

國立魔法大學附設第一高中，學生會全新出發至今已一星期。

現在是午休時間，達也和E班的朋友們來到學校餐廳。

他之前能在學生會室吃午餐，是因為真由美（就某種意義來說）濫用職權。何況達也本來就不希望學生會室的午餐會順其自然成為慣例，所以在學生會全新出發後，改為在餐廳用餐。

這麼一來，深雪也自動改在餐廳用餐。加上兩人共通的朋友，這種熱鬧的午餐時光，從十月開始成為例行公事。

雖說如此，由於達也、艾莉卡、雷歐、美月、幹比古五人，和深雪、穗香、雫三人不同班，所以肯定是其中一方先來找座位。今天是達也他們E班成員等待深雪她們A班成員會合。

「不好意思，害哥哥久等了。」

「辛苦了。」

等待時間約十分鐘左右。深雪預先通知她們將因為學生會工作而晚到，卻還是特地站在達也面前鞠躬道歉，達也則是笑著慰勞她。這也是「誇張地道歉很顯眼，別計較這種事，先坐吧」的暗示，但穗香不知為何，聽到達也這句話就縮起身體。

「達也同學，不好意思，是我害大家晚來。」

暑假期間，穗香在小笠原別墅那天晚上示愛之後，變得容易對達也的些許言語或表情過度反應。達也同樣察覺到這一點，但這種事不是用說的就能解決。如果是樂觀的反應，就可以用笑容（即使是苦笑）帶過；但如果是悲觀的過度反應，達也會覺得自己在欺負穗香，內心不太舒服。很遺憾，這種症狀沒有特效藥。達也抱持死心的念頭，決定採取消極的對應方式，若原因是誤會就只能逐一解開。

「不用在意，剛開始應該各方面都不知所措吧。」

達也認為，這次穗香也是以為自己壞了他的心情而沮喪。我被當成器量這麼小的人？即使達也有種無法釋懷的心情，依然努力使用不以為意的語氣安撫穗香。

「沒錯沒錯，不用在意。」

「才一星期而已。」

艾莉卡與雷歐出乎意料地（？）貼心附和達也。

穗香看到所有人露出「不在意」的笑容，以一副惶恐的樣子就坐。

「不過哥哥，今天真的不是穗香的問題。教職員室忽然要求調出前年的紀錄，我們第三節課上到一半就到學生會室搜索資料庫。還請雫幫忙呢。」

深雪重新以滿面笑容幫穗香解釋，但穗香不知為何在椅子上縮得更小。

「可是……深雪很快就找到資料，我卻笨手笨腳……」

「我花的時間更多。如果穗香是烏龜，我就是蝸牛。」

雫這句話沒有其他意思。

「這是因為深雪四月就在使用那套系統了。穗香剛成為學生會幹部，雫是局外人，妳們和深雪的經驗不同，難免有所差距。」

所以達也無視於雫毫無惡意地將穗香譬喻為「烏龜」的話，再三安慰穗香（與雫）。

話說回來，各位從剛才的對話就知道，穗香在學生會換血時受命擔任幹部。

新學生會的成員是會長中条梓、副會長司波深雪、書記光井穗香、會計五十里啟（第一高中的會計，在權限層面類似「監察員」，依照慣例和會長同學年）。

其實，梓當初詢問過達也是否願意接任副會長。達也當然拒絕這個邀請，但新任風紀委員長花音的反彈更加強烈。

她說：「要是少了司波學弟，委員會的行政事務將無法運作。」

花音是光明正大地在梓與達也面前說出這番話，達也聽到時感到無言以對，處於「張嘴合不攏」的心境。

他在委員會並不是行政人員，是執行部隊。

不對，真要說的話，風紀委員會只以執行部隊組成，行政事務由所有人分擔。

摩利給花音的交接手冊也是這麼寫。

這是達也自己打字並且加上防寫保護的文件，所以肯定沒錯。

不過，梓大幅點頭同意花音的主張。

兩名二年級學姊的「誤解」，令達也苦惱到好想抱頭。

不知道達也處於這種心境的梓，即使承認了花音的說法，依然強硬地要求達也轉入學生會。

梓並沒有直接說出口，但她的真心話是「要是沒有達也，她就沒自信制得住深雪，但深雪也不能離開學生會」。

達也真的覺得頭痛。

梓與花音無視於當事人進行協調之後的結果，決議讓達也今年度留在風紀委員會，下個年度轉入學生會。

到最後都沒有徵詢達也的意願。

（……回想起來，頭又開始痛了。）

達也自己所說「剛成為學生會幹部」這句話，使他連帶回想起一週前的事情，甚至回想起當時的頭痛。

當他不經意感覺到視線，移動目光一看，深雪有些擔心地看向自己。

達也暗自佩服妹妹的敏銳，以眼神回應「沒事」，再度動筷用餐。

◇◇◇

「哥哥，您在嗎？」

放學後，達也窩在圖書館地下二樓的資料庫。妹妹呼喚他的聲音，使得他的意識從文字與算式的世界回到現實世界。

「深雪，我在這裡。」

達也從閱覽用的終端裝置抬頭回應深雪。

這座資料庫裡無法使用無線通訊，不只是訊號本身被牆壁阻絕而幾乎無法穿透，還加裝通訊妨礙系統。

這是防止情報外洩的措施。

判斷不適合線上分享的資料，都儲存在這個資料庫。包括使用不當會很危險的資料、過於偏離現代主流理論，恐怕會對學生造成負面影響的論文。這些文獻是從魔法大學以物理紀錄媒體運送過來，存放在封閉的資料庫，學生原則上可以利用資料但嚴禁攜出。而且資料當然施加保護，無法悄悄複製到自用的情報終端裝置。

這些資料基於其性質，都不是課業的參考資料，因此幾乎沒有人基於好奇心前來使用，毫無使用者的天數反而比較多。不過最近半個月，達也更新了資料庫連續運作的天數。

達也回應深雪，卻無意離開閱覽用的終端裝置。深雪也明白該怎麼做，主動走向他。

「您在看什麼資料？」

深雪來到達也身旁詢問，但她依然不會做出擅自窺視螢幕的舉動。

「『翠玉錄（Emerald Tablet）』的相關文獻。」

深雪詢問時一如往常客氣，而達也回答時也一如往常坦然。其他人就算了，但達也幾乎沒有事情必須瞞著深雪。而且他調查這些資料，也是基於深雪很清楚的某個目的。

「最近您似乎都在調查鍊金術相關的文獻……？」

達也沒說明現在調查的資料和目的有何關連，深雪會疑惑也在所難免。

「我想知道的不是鍊金術本身，是『賢者之石』的性質與製作方法。不過有些文獻主張，製作賢者之石正是鍊金術的目的。」

「您不是想挑戰……物質變換吧？」

「物質變換」是號稱現代魔法學所不可能實現的技術。飛行魔法原本也同樣被視為不可能實現，但是和物質變換所預料的不可能程度不同。深雪也記得達也曾經說過「物質變換魔法成真的可能性極低」。

「不是那樣。」

正如預料，達也笑著否定深雪的詢問。

「若要在定義上和狹義的『點金石(Elixir)』區分，『賢者之石』是將卑金屬變換為貴金屬的魔法所使用的觸媒。既然是觸媒，本身就不會成為材料，而是用來發動術式的物品。」

「如果這裡提到的『觸媒』，和我們使用的詞義相同……就是這樣沒錯。」

「將卑金屬變換為貴金屬的魔法，據稱是以『賢者之石』對材料產生作用，藉以創造出貴金屬。如果不必經過其他魔法程序，只以這顆石子就能夠使用物質變換魔法，就可以推測『賢者之石』擁有儲存魔法式的功能。」

「儲存魔法式？」

深雪睜大雙眼表達驚訝之意，注視她的達也已經收起笑容。

「微調變數藉以連續發動重力控制魔法的訣竅，已在飛行魔法實現之後成功收集到了。畢竟飛行魔法在正式上市之前，就有各方魔法師協助測試。」

老實說，這正是達也免費公開飛行魔法啟動式的目的。只要得知構造，自然而然就想實際測試。既然得到已安裝啟動式的演算裝置，拿來試用是最快的測試方法。事實上，不只國內申請測試FLT飛行演算裝置，以USNA（北美合眾國，原美國合併加拿大與墨西哥而成的聯邦國）為首的各友好國也紛紛提出申請。FLT以「監視測試過程」為名義，得到許多高階魔法師使用重力控制魔法的資料，而且全都集結在達也手中。

「以重力控制魔法維持核融合的方法因而有了眉目。但要是魔法師得一直在設備旁施展魔法就沒有意義了。這樣魔法師將會成為核融合爐的元件之一，職責就只是從兵器改為零件。」

以常駐型重力控制魔法打造熱核融合反應爐，是加重系魔法三大難題之一。而達也宣稱這個難題已有解決的眉目。

深雪也很難完全聽懂達也這番話，但是只有這部分，她完全理解哥哥的意思。

「魔法師是系統運作時不可或缺的要素，但是該系統也不能束縛魔法師。為此必須將魔法持續時間延長到以天為單位，或是打造成能夠暫時儲存魔法式的構造，即使魔法師不在場也能發動魔法……兩邊都處於摸索狀態，不過考量到安全性，我比較偏好後者。」

「所以您才在調查『賢者之石』。」

依照常識判斷，達也所說的只是夢話。這點他也有所自覺。所以看到妹妹絲毫不懷疑這番話就深深點頭回應，使得達也有點不好意思，忽然轉變話題。

「這麼說來，深雪，妳應該是找我有事吧？」

這個問題只是出自遮羞，以結果來說卻是妙招（正確來說是高明的支援）。

「我都忘了！哥哥，市原學姊在找您。似乎是要和哥哥商量下個月論文競賽的事。」

「在哪裡？」

達也簡短地詢問，並且關閉閱覽用終端裝置，沒有因為深雪太晚告知而追究責任。畢竟剛才閒聊的責任有一部分在達也身上，而且就算追究也無法挽回失去的時間。

「在魔法幾何學準備室。她在廿樂老師的座位等您。」

「我知道了。深雪，不好意思，麻煩幫我還鑰匙。」

「我明白了。」

達也從椅子起身，將刷卡式門禁卡遞給深雪。深雪欣喜地從哥哥手中接過卡片，如同受到主人搭理而開心的小狗。

先不提達也沒有抱怨或斥責，他看到妹妹毫不內疚的樣子就不禁露出笑容。客觀來看，只能說他真的很寵妹妹。

◇　◇　◇

廿樂計夫，在國立魔法大學附設第一高中負責魔法幾何學線上講義，以及二年B班的實技指導。他的正職是國立魔法大學的講師，以外派方式來到第一高中。

這位英才年紀輕輕就即將得到副教授寶座，過於自由的研究態度卻成為敗筆，被迫以「先去累積任教經驗再說」的名目無法升任。

但他本人對於這種降職處分（？）完全不介意，反而還開心地表示「這樣就能自由研究了」。這種我行我素的氣質，使得他不在乎一科生與二科生的對立，只要是他覺得有前途的學生，無論是一科或二科生都會熱心照顧（但是不考慮學生的步調），得到很好的風評。

他老家是百家主流——含數家系的廿樂家（廿是二十）。廿樂家和五十里家一樣是研究員輩出的家系，在「複數魔法改變事象時的相互作用」領域號稱是國內權威。服部擅長的組合魔法，也是在廿樂的指導之下開花結果。

……以上是達也所知的廿樂教師個人資料。

依照資料判斷，他無疑是怪人，而且完全不是錯誤解讀——達也即將親身窺見一二。

達也造訪魔法幾何學準備室時，裡面只有廿樂一名教師。

達也認為，應該是其他教師覺得不自在的關係。

這所學校選任的老師，都是優秀的人才。

這些人當然都對己身能力抱持某種程度的自負，但是相較於二十多歲就即將取得國立魔法大學副教授寶座的英才相比，難免會失去自信。越是依賴己身才華的人，在接觸才華更優秀的他人時，越容易感覺到壓力。

他也體會過這種事——不過是在魔法以外的才華領域。

先不提達也的推測是否正確，室內現在只有廿樂一名教師是客觀事實。在魔法幾何學準備室等他的是廿樂、鈴音與五十里三人。

「你知道魔法協會將在這個月底舉辦論文競賽吧？」

打過一輪招呼作為開場白之後，廿樂以這句話開始點明用意。

「但我不清楚細節。」

達也回以略帶保留的肯定，於是廿樂點頭回應。

「和九校戰不同，論文競賽不起眼，一年級的你難免不知道細節。而且人數也差很多。九校戰是以合計五十二人的大型選手團參賽，論文競賽卻是只以三人組隊參加。」

像這樣當面比較參加人數就不禁令人驚訝，但是冷靜想想，只是寫論文並且上臺報告，不需要動用太多人力。如果需要人手製作報告時使用的道具，只要在校內找人幫忙就好，不需要直接參與論文寫作。人太多反而會變成「多頭馬車」的狀況。全校只選派三人算是少得出乎預料，但達也認為還算妥當。

「進入正題吧。司波同學，你願意成為第一高中代表隊的一員，參加論文競賽嗎？」

達也一時之間無法做出反應也是在所難免吧。這種事情並非加上某種程度的開場白就能夠拭去唐突感。

「……要在下參加？」

廿樂這番話沒有誤解的餘地，但達也不得不如此回問。

日本魔法協會主辦的「全國高中生魔法學論文競賽」。

雖說目標對象是全國高中生，但是在正規教育課程排入魔法理論的高中，只有魔法大學附設的九所學校。因此這場論文競賽實質上也是九校之間的競賽。如果九校戰是「武」的對決，論文競賽就可說是與之並列，九校之間「文」的對決。

「要你參加。」

這種有點裝模作樣的語氣，應該是廿樂的個人風格。他以誇大的動作點頭回應。

「原本預定由市原同學、五十里同學與三年C班的平河同學參賽……但平河同學最近身體狀況似乎不好，上週還忽然拿著退學申請書過來呢。我們好不容易勸她打消退學念頭，但她現狀實在無法參加競賽，所以你就雀屏中選了。」

達也對於三年C班的平河這個名字也有印象。

記得在九校戰的「幻境摘星」項目中，成為非法妨礙計畫犧牲者的小早川，是由三年級女學生平河小春擔任她的工程師。

「但為何要找一年級的在下？論文競賽的參加人員不是由校內論文審查會選任嗎？」

達也至今總算回想起來，學校內部網路曾在六月初徵求學生報名參加論文競賽。

那段時間是飛行魔法的研發最終階段，達也無暇注意其他事情。何況他立場上不喜歡過於搶眼，因此立刻無視於這件事，將之拋到腦後。

「報告的準備工作是三人合作，所以你是適任人選。詳情請聽市原同學說明吧。」

廿樂如此單方面地回應達也的詢問，然後快步離開房間。

達也完全沒說過願意參賽，看來「不考慮學生的步調」這個傳聞並不誇張。

總之，達也似乎沒有權利拒絕。聆聽說明之前，他以為頂多只是幫忙做實驗收集資料，看來這種預測有點太過天真了。即使如此，內心再怎麼抱怨也不會讓事態好轉，因此達也轉向鈴音，要求她說明。

「是我推薦司波學弟參賽。其他的候補人選我都拒絕了。」

（慢著，居然拒絕……）

鈴音回應達也詢問的視線，劈頭就爆出這個內幕。

「……不過，應徵者為了參加競賽，應該都花了不少時間做準備。沒有提交論文審查的我忽然獲選參賽，我認為很多人將無法接受。」

達也自覺自己在負面意義已經夠顯眼了，他不希望繼續「被迫」惹出更多糾紛。

「比方說，順位僅次於市原學姊、五十里學長與平河學姊的人們將做何感想？」

「關本同學不行，他不適合這次的工作。」

達也並不是特別影射某人，鈴音卻忽然說出這種類似人身攻擊的話語。

「您說的關本，是風紀委員會的關本勳學長？」

要是達也帶過這個話題，可能會演變成真正的人身攻擊，因此他刻意指明當事人。

隨即……

「嗯，是啊……他和我的論文方向差太多了。」

可能是鈴音也覺得這樣實在不妥，便依照達也的暗示緩和語氣。

此時五十里出言緩頰。

「如同老師所說，寫論文與準備上臺報告是三人合作。但如果三人各自出主意，會連論文的大方向都無法決定，所以無論如何都要分工，由一人主筆再由另外兩人輔助。而且本校這次的主筆是市原學姊。」

達也基於兩種意義，點頭回應五十里的說明。論文競賽確實必須分為主副手準備，由身為三年級理論榜首的鈴音擔任主筆也可以理解。

「換句話說……市原學姊的論文主題適合由我輔助？」

依照話題進展就是如此。但若是這樣，鈴音為何能夠做出這種判斷？達也未曾以「自己的名字」發表過論文。

「我的論文主題是『重力控制魔法式熱核融合反應爐技術的可能性』。」

鈴音間接回答達也的問題，達也對此微微睜大雙眼。

「沒錯，和司波學弟研究的主題相同。」

把「研究主題」這種字眼用在高中生身上很誇張，但是「常駐型」重力控制魔法式熱核融合反應爐，確實是達也訂立的目標之一。不過，他現階段仍然把這件事藏在心裡，至今幾乎沒有說出口才對……

「……原來如此，當時監視我們的就是市原學姊。」

「講『監視』不太好聽，請當成抱持關心的態度旁觀。」

不只是旁觀，應該還偷聽了吧？不過達也沒把這句話說出口。

四月發生反魔法恐怖組織入侵事件，達也在咖啡廳和壬生紗耶香進行第二次接觸時，即使感覺到有人監視，卻沒有刻意調查視線的真面目。既然當時默認，事到如今也沒道理抱怨。

「距離論文大賽正式開始，只剩下三個星期。我認為這時候能加入代表隊的人，除了研究相同主題的司波學弟之外別無他選。」

「您不覺得我在咖啡廳和壬生學姊那段對話……只是嘴上說說？」

「我自認看人的眼光還不錯。」

學姊真是太看得起我了——達也不只是內心苦笑，臉上也掛著相同表情。

「我明白了。看來這項提議對我也有利，就容我加入協助吧。」

「有利」並非客套話，而是真心話。鈴音是以何種概念想解決「三大難題」之一，達也純粹基於求知慾而感興趣。若能利用在自己的計畫，也將毫不客氣地拿來利用。

「所以，我要怎麼做？」

「那麼，我想先說明一下論文競賽整體的狀況。五十里學弟，你不介意嗎？我認為你不需要再聽一次說明。」

「沒關係，市原學姊，麻煩您了。」

五十里微微低頭致意，鈴音則是以眼神道謝，從牆邊的開放式層架取出三塊行動黑板，分別給兩人一塊。

行動黑板是具備無線傳輸通訊功能的電子紙，設計成大開數報告用紙尺寸的薄板外型，讓與會者能夠單手拿著閱讀資料，主要用於不需要大螢幕的小型會議。畫面當然是全彩，但如果只顯示文字，一般都是顯示為黑底白字的高對比色，這種配色成為「黑板」名稱的由來。

鈴音將自己的情報終端裝置裝在行動黑板的固定架，開啟論文競賽的介紹書。

「我想司波學弟應該知道，論文競賽是高中生發表魔法學、魔法工學研究成果的場所。不是讓高中生發表學習成果，而是沒有機會在學會發表的高中生，讓自己的研究成果問世的場所。不只是各校團隊的代表會接受魔法研究機構延攬，發表的論文也可能直接收錄在魔法大全，或是被大學與企業運用。」

達也看著手邊顯示的介紹書，並且聆聽鈴音的說明。

「論文競賽固定於每年十月最後一個星期日舉行。日本魔法協會總部在京都，相當於副總部的關東分部在橫濱，因此競賽由京都與橫濱輪流舉辦。今年的會場是橫濱國際會議中心。」

達也在腦中開啟自己的行程表，幸好十月最後一個星期日——十月三十日沒有行程。

「擁有參加資格的人，是國立魔法大學附設高中推薦的人選，或是通過論文初審的高中生團隊，但至今沒有人不是經過推薦就獲選上臺報告。也因此，即使全國高中生魔法學論文競賽按照規定是自由參賽，依然被稱為魔法科高中論文競賽。」

鈴音只說到一半，感到意外的達也卻不由得插話詢問。

「沒有團隊不是經過學校推薦就獲選上臺報告？」

「……司波學弟，我想對於一般高中生來說，要完成一篇能夠報告三十分鐘的論文，比參加『祕碑』或『幻境』還困難。」

「正如五十里學弟所說。即使以我們的狀況，要不是學生會與社團聯盟協助，光靠我們三人實在準備不來。」

慣於編寫系統規格書的達也，在心中輕聲說句「會嗎？」但他沒有刻意提出異議。

「論文主題原則上自由發揮，不過當然不能違反公序良俗的規範。前年有學生提出的論文主題，是開發能夠代替大規模破壞兵器的魔法，在事前審查就被打回票。」

「有人這麼特立獨行啊……」

旁邊的五十里睜大眼睛感慨說道，看來是第一次聽到這件事。

達也很能體會他的心情，也覺得實際開發出大規模破壞魔法的自己，沒資格批判這名學生。

達也沉浸於這種自嘲感受時，一個疑問忽然浮現在腦海裡頭。

「……既然事前審查就被打回票，這份論文當然沒有對外公開吧？明明論文沒公開，市原學姊為什麼知道這份論文的事？」

達也不經意提出的詢問，不知為何引來尷尬的沉默。

鈴音以一副有苦難言的表情移開目光。

達也正要表示不想回答可以不用回答時，她嘆著氣開口了。

「……撰寫這份論文的人，是本校三屆前的學生會長。」

（……原來本校也出過這種猛將。）

鈴音的坦白，使得達也佩服的心情更勝於無奈。論文競賽是在學生會交接之後舉辦，鈴音一年級後半年就擔任幹部，因此她知道這件事也沒什麼好訝異。從鈴音的臉色來看，這位前學生會長似乎還有各種「英勇事蹟」。

「咳咳……基於這樣的前例，完成的論文、使用的器材，以及包含術式在內的報告企畫書，必須事先提交到魔法協會。」

五十里在刻意咳嗽的鈴音旁邊頻頻點頭，看來他果然是第一次聽到這個小插曲。

「期限是兩週後的週日。雖然是由魔法協會關東分部審查，不過要透過學校繳交。考慮到必須請廿樂老師看過內容，最好在下週三定稿。」

即使繳交論文之後就能準備上臺報告，寫論文的時間實際上也不到十天。達也計算天數之後覺得時間頗為緊湊。不過為什麼要請廿樂檢查論文？這所學校還有其他更加資深，還寫過好幾本魔法教材課本的老師才是。

達也將這個說不出口的疑問（要是說出口的話對廿樂很失禮）收進內心的櫃子時，五十里迅速理解並回答。

「廿樂老師負責今年的校內審查。準備論文競賽時，老師連自己專長之外的領域都要幫忙處理，而且像是準備魔法實驗之類的麻煩事很多，大致上都會扔給年輕老師負責。」

「廿樂老師雖然很年輕，但卻很優秀。指導程度遠比一般課程深入，能接受指導的我們反而可說是幸運兒。」

自己這個沒資格接受教官個別指導的二科生更是如此——達也如此心想卻未說出口。

這件事——別說是深入指導，全校一半學生甚至無法接受該有的指導——兩人似乎都沒有察覺，而且也沒必要讓他們察覺。

鈴音再列舉一些細部注意事項之後就結束說明。

現在的短程大眾交通系統，是從「共乘」的概念發展，從高運量運輸機構蛻變為低人數小型運輸機構。三十年前開始的系統更新，在大都會區幾乎完成，中小型的地方都市也達到八成普及率。另外兩成則是大眾交通機構根本就尚未完備，以自用車為主的都市。

通勤或通學的短程運輸，幾乎不會用到電聯車或大型公車這種一次載運許多人的交通工具。國高中生一起搭電車或公車上下學的光景消失已久。

基於真正的含義，陪同達也一起上下學的只有深雪，不過從校門到車站徒步十分鐘的路程，則經常和朋友結伴同行。即使今天在學校留得較晚，走到校門口前固定班底就全部到齊。

眾人絕大多數的日子是直接走到車站，但偶爾會在途中的咖啡廳或速食店小坐片刻。學校到車站不到一公里，不過在這條短短的通學道路，主打學生族群的店櫛比鱗次。不只是餐廳，也有很多書店、文具店與服飾店，尤其以魔法教育相關的商品特別豐富。除了第一高中的學生與教職員，專程搭電車前來的遠地顧客也不少。

八人如今坐在當中一間風格頗為正統的咖啡廳。他們經常來這間店，店家幾乎要將他們當成

「啊？達也，你獲選參加論文競賽？」

今天來到店裡小坐片刻，起因於幹比古詢問達也為何被叫去幾何學研究室。幹比古等不及餐點上桌就再度詢問。達也暗自覺得發現這個朋友頗為性急的嶄新一面，並且說明剛才的事。

幹比古的反應就是這句話。

達也到學生會室接深雪與穗香時已經告訴她們。不過包含幹比古在內，還不知道這件事的另外五人，則是瞪大眼睛表達驚訝之意。

「可是，論文競賽的代表，全校不是只有三人嗎？」

「是啊。」

美月就這麼睜大眼睛詢問，達也則一口回以肯定的答案。兩人的表情簡直是對比。

「居然講得不以為意……達也同學太鎮靜了。」

美月啞口無言，艾莉卡一臉無奈，旁邊的雷歐則是笑得很開心。

「以達也的能耐，這種程度是理所當然吧？」

「一年級學生參加論文競賽，幾乎史無前例喔。」

「並非完全沒有吧？教職員室也不可能無視這位能在《索引》增加新魔法的天才。」

雫提出反駁，雷歐則是維持笑容再度反駁。

「別用天才這兩個字。」

達也對此出言警告。他看來不是害羞，而是真的排斥這兩個字。

「達也同學真的討厭被稱為天才耶……」

「因為這是不負責任的說法。」

穗香沒有挖苦或其他意思，只是訝異地如此詢問。回答她的不是達也，是深雪。

達也只對妹妹的回答露出苦笑，沒有肯定或否定。

「慢著，這樣還是很厲害啊！」

幹比古或許是察覺氣氛變得詭異，強烈提出這個主張，如同要吹散逐漸聚集的烏雲。

「每年在那場競賽中獲勝的論文，都會刊登在《超自然期刊》上。即使是第二名以下的論文，只要受到注目，刊登在學會期刊也不稀奇。」

《超自然期刊》是英國的學術雜誌，號稱現代魔法學最具權威的刊物。相對的，由於具備權威主義的一面，內容對高中生來說不太親切。然而不只是幹比古，達也、深雪、雫都有訂閱這部雜誌，其他成員也相當清楚該雜誌的名稱與內容。

「啊，不過……時間好像所剩不多了吧？」

幹比古忽然從亢奮的情緒轉為擔心的表情詢問。

情緒起伏如此激烈，達也反而懷疑幹比古身上發生了什麼事。但他沒有將想法顯露於言表，而是點頭回應幹比古。

「實際上，再九天就要提交論文給校方。」

「怎麼這樣！真的沒剩幾天了！」

「放心，我終究只是副手，論文本身從暑假前就著手撰寫了。」

穗香臉色大變，達也笑著搖手安撫她。眾人見狀也心想「說得也是」而鬆了口氣。

「不過，這件事依然來得很突然。是發生了什麼狀況嗎？」

「原先擔任副手的學姊似乎病倒了。」

深雪眉頭深鎖地詢問，達也則是維持笑容簡潔地回答。他剛才沒說明這件事，但是有人問就無須隱瞞。

不過，達也這個簡單的回答無法讓深雪完全接受。

「這部分確實令人同情，但也太趕了吧？」

看來她即使理性能接受，心情上卻無法接受。

「確實，正因為是哥哥，所以即使忽然被要求加入論文寫作小組也能立刻應付，是非常合適的人選。不過……」

達也代打已經是既定事項，深雪為了讓自己接受而選擇如此解釋，很像她的作風。她這次的反應未必是高估自己的哥哥，但達也認為毫不謙虛地點頭承認是自戀過度的行為。

「沒那麼誇張。如果市原學姊選擇的主題是我完全不知道的領域，我還是會婉拒。」

因此，達也採取的對應方式是「笑著否認其中一部分」。深雪對哥哥這樣的態度不甚滿意，但她擇言回應之前，其他人就向達也提出別的詢問。

「是喔，主題是什麼？」

雷歐展現好奇心探出上半身，旁邊某個少女投以「你聽得懂？」的冰冷眼神，但詢問人與回答人都完全裝作沒看見。

「重力控制魔法式熱核融合反應爐的技術問題點與解決方案。」

「……完全無法想像。」

不過，詢問人立刻就間接回答少女的眼神吐槽。

「……主題的規模真大。記得這是『加重系魔法三大難題』之一，對吧？」

幹比古露出凝重的表情呻吟。

「因為是找達也同學參加，我還以為是關於ＣＡＤ程式編譯的論文。」

他身旁的美月表明自己感到意外。

「啊，我也這麼想。」

「啟學長也是參賽成員……我覺得若是這主題，肯定能做出足以奪冠的驚人成果。」

雫與艾莉卡的意見也和美月相同。看來朋友們原本擔心論文主題可能是達也……應該說高中生難以研究的內容。

這也理所當然。重力控制魔法式熱核融合反應爐的實用化，可不是平白列為「三大難題」之一的課題。所以達也同樣以笑容帶過這個場面。

在和樂融融的笑聲中，只有深雪沒笑。

她臉上掛著笑容，眼神卻沒笑。

這是因為，她知道「常駐型」重力控制魔法式熱核融合反應爐研究的真正意義，也知道哥哥無比認真。

◇　◇　◇

在車站和朋友們道別的兄妹倆回家一看，停車場停著一輛通勤車，兩人轉頭相視。

達也帶頭開門。

玄關擺著一雙設計樸素的陌生女鞋。這使得深雪表情緊繃、屏息佇立在原地。達也溫柔摟住了她的肩膀。

達也推著深雪踩上走廊時，傳來一陣拖鞋小跑步接近的聲音。

「——歡迎回來，你們感情還是這麼好。」

這番話隱含嘲諷語氣，使得達也瞇細雙眼，稍微用力摟住妹妹微微顫抖的身體。

「小百合阿姨，您好久沒回這裡了。」

達也以符合冰冷視線的冷漠聲音回應。

這次輪到前來迎接的嬌小女性微微顫抖。

「呃，嗯，那個，住在總公司附近，再怎麼說都比較方便。」

「我明白。」

達也冷漠地點頭回應久違九個月返家的繼母——在兄妹倆的認知中是「父親後妻」——亦即司波小百合。

雖說是返家，這個家卻沒有她的臥室與寢具。她和達也的父親結婚之後，一直住在距離FLT總公司走路五分鐘之高層住宅接近頂樓的樓層，過著只羨鴛鴦不羨仙的婚姻生活。她再婚之後從未住過的這個家，在戶籍上卻是小百合的住處，達也這番話無疑是諷刺這件事。

看到父親的後妻只因為這種程度的酸言酸語就失去冷靜，深雪反而恢復平靜，精神上變得從容。她維持著被哥哥摟住的姿勢轉身，正面依偎達也把臉湊過去，完全無視於他人的視線。

平常即使是兩人獨處的時候，深雪也沒有積極（或者是說不檢點）到這種程度。她是刻意裝作無人旁觀。

「我立刻去準備晚餐。哥哥，您有沒有特別想吃什麼菜色？」

「只要是妳做的都好。不用急，先去換衣服吧。」

哥哥沒有看向小百合，只看著深雪如此回應。深雪發出洋溢著優越感的清脆笑聲。

「我明白了。衣服方面也請儘管要求。只要哥哥希望，深雪願意打扮成任何樣子。」

「喂，太得寸進尺了。」

達也作勢輕戳深雪，深雪隨即縮起頸子，輕盈地跑上二樓。

「那麼，請說出您的來意吧。」

深雪的身影消失之後，達也朝著無所適從地站著的小百合搭話。他快步進入客廳坐在沙發，再度呼喚在門口拖拖拉拉的小百合。

「這樣像是在催促，我有點過意不去，但我想趁妹妹離席的時候解決事情。」

毫不客氣的這番話令小百合不悅地蹙眉，但她還是聽勸坐在達也的正前方。

「看來你們還是一樣討厭我。」

大概是覺得假惺惺也沒用，小百合一坐下，態度就變得坦率，也不再在意達也的視線，背靠沙發蹺起二郎腿。大概是基於研究員的個性，她今天是毫不華麗又只上淡妝的褲裝造型，所以不用擔心視線該投向哪裡——不過即使小百合的下半身是迷你窄裙，達也肯定同樣不為所動。

「深雪是這樣沒錯。父親在親生母親過世半年就再婚，內心難免會留下疙瘩。畢竟她看似成熟，終究還是十五歲的少女。」

「……你呢？」

「我和這種感傷無緣，我就是被打造成這種形態。」

「……唉，算了。無論這是真心話還是嘴硬，我也無能為力。不過既然你這麼說，也希望你聽聽我的說法。即使對你們來說只有半年，對我來說卻是十六年。」

這麼說來，外表看似年輕的這個人，其實和老爸同年呢——達也內心思考著這種和世間女性為敵的事情。

司波小百合——舊姓古葉小百合的她，在司波龍郎和四葉深夜結婚前，就和司波龍郎相戀，卻因為四葉家想求得優秀基因，硬生生介入並拆散兩人。知道這段往事的達也，並不是無法理解她想出言怨恨的心情。

不過這說到底是父親、母親與她的問題，和他們兄妹無關。既然她在母親生前就是父親的情婦，就更沒有同情的餘地。

「所以，您今天專程前來有何貴幹？」

下意識想暫時避開正題的小百合，被達也一問就不禁屏息片刻，勉強在停頓時間長到不自然之前再度展開話題。

「……那我就開門見山地說吧。我希望你能夠再回到總公司的研究室幫忙。如果可以，就從高中輟學。」

「這件事恕難從命。在深雪就讀第一高中的期間，我也必須就讀第一高中才行，否則無法盡到守護者的職責。」

毫不客氣的拒絕回應了毫不客氣的要求。

「只要你沒升學，應該會派遣其他的守護者來吧？」

「任何業界都缺乏魔法師。即使是四葉家，也不可能輕易找到遞補的守護者。」

「你的意思是說，沒有其他護衛比你優秀？」

「如果條件只限於深雪的護衛，確實如此。」

這是至今重複過好幾次的對話。

小百合嘆出長長的一口氣，看起來未必是演技。

「……我們公司沒有餘力讓你這種優秀人員悠閒地玩樂。」

「我自認沒有在悠閒地玩樂，今年度應該也對公司獲利貢獻良多才是。你們前幾天收到了ＵＳＮＡ海軍陸戰隊所下的飛行演算裝置的大筆訂單吧？光靠那張訂單，就能成為前半年度百分之二十的利潤。」

達也刻意挑釁說出的話語，使得小百合露出不甘心的表情。

他的指摘沒有反駁的餘地。

ＦＬＴ原本不是ＣＡＤ成品製造公司，而是以魔法工學相關零件製造公司為人所知。如今能夠以ＣＡＤ成品製造公司的名號聞名世界，無疑是銀式——也就是達也的功績。這次的飛行演算裝置尤其是劃時代的新產品，分析師甚至預測ＦＬＴ將因此成為特化型ＣＡＤ製造公司的世界龍頭。小百合原本是以研究員身分就職，卻沒做出顯眼的成果而調動到管理部門，因此達也的實績不得不令她眼紅。

但是除去這種私人情感，她也有一個不能乖乖說聲「這樣啊，好的」就退下的理由。

「……那麼，可以至少幫忙分析這個樣本嗎？」

小百合說完，從手提包取出一個頗大的珠寶盒，慎重地打開蓋子。

裡面是一顆泛紅的半透明玉石。

「……是瓊勾玉系統的聖遺物吧？」

魔法研究員之間所稱的「聖遺物」，意指擁有魔法性質的歐帕茲。無法斷定是人工物品，卻也難以認定是自然界組成的物質，同樣也被稱為聖遺物。例如擁有演算干擾效果的晶陽石，就被歸類為聖遺物。

此外，真正的聖遺物（例如八尺瓊勾玉）並非研究員接觸得到的物品。

「這是在哪裡出土的？」

「不知道。」

「原來如此，和國防軍有關。」

ＦＬＴ並非外資企業，又是擁有頂級技術的製作公司，因此經常接受軍方委託。

「您剛才說要分析，該不會您接下了複製瓊勾玉的委託吧？」

小百合表情緊繃，達也見狀深深嘆了口氣。

「您為何要魯莽地接受這種委託？這種東西之所以叫作『聖遺物』，就是因為很難以現代技術人工合成啊。」

歐帕茲是「Out of Place Artifacts」的簡寫音譯，直譯的意思是「不合時宜的加工物品」，也就是「遠超過出土時代技術水準的加工物品」，並不是以現代技術無法重現的意思。然而「聖遺物」即使以現代科技也難以重現，因而冠上如此誇張的稱呼。

「國防軍強烈要求，我們無法拒絕這項委託。」

達也並不是無法理解這種經營決策。不只是ＦＬＴ，經營魔法產業的企業，實際上是基於國家或公家需求的企業，魔法產業堪稱是軍需產業。

會購買ＣＡＤ之類的魔法工學產品的人，只有能將魔法運用到實用等級的魔法師，市場和其他工業產品比起來非常小。

考慮到魔法師的稀有程度，這是理所當然。

現在，國內實際以魔法為職業的魔法師數量，加上正在學習魔法的大學生與高中生，合計據說約有三萬人。

換句話說，即使所有人每年都換ＣＡＤ，ＣＡＤ的國內市場也只有每年三萬臺的規模。實際的汰舊換新週期更久，而即使一名魔法師擁有五、六臺ＣＡＤ也不稀奇，但市場依然太小。

而且，振興魔法是國家方針，魔法輔助機器一定要賣得便宜。ＣＡＤ的實際市面價格，控制在以一般家庭所得水準，可以買來作為孩子高中入學賀禮的程度。

這種市場規模與結構，實在無法獨立成為一項產業。

因此，國家對魔法產業提供優渥的扶植措施。

例如購買ＣＡＤ的費用，由國家補助九成。

在店家販售的價格，是企業營收單價的十分之一。

此外，國家還以委託研究的名義，每年提撥高額研究費給企業。

即使是業界最大的馬克西米利安或羅瑟，也不敢違抗本國政府的意思，這就是魔法產業所背負的宿命。

「不過，國防軍應該也知道『聖遺物』這個名稱的由來。既然歸類為聖遺物，應該知道不可能以人工方式合成才對。他們為何提出如此亂來的要求？」

直到小百合開口回應之前，停頓了足以呼吸一次以上的時間。

「據說瓊勾玉擁有儲存魔法式的功能。」

伴隨猶豫說出的回應，威力足以令達也臉色一變。

「這是證實過的事實嗎？」

聽起來有所質疑的聲音，是達也動員全身演技能力的成果。這份努力有了代價，小百合沒察覺達也對這個聖遺物深感興趣。

「還在假設階段，不過觀測之後確定的成果足以使得軍方行動。」

達也嚴肅地點頭回應。

「如果是事實，軍方應該沒辦法無視，我能理解。」

儲存魔法式的功能，不只符合達也的目的。如果儲存魔法式的系統成為普及技術進入實用階段，魔法自動化以及半永久型魔法裝置都不再只是夢想。沒有魔法師的部隊也能配備魔法兵器。若是瓊勾玉可以儲存魔法式，並且成功大量複製，大量配備魔法兵器的目標就能實現。

「不過，考量到ＦＬＴ現在的業績，我認為不用刻意接這個燙手山芋吧？」

由於事情如此重要，接下委託之後，可不能在最後只以「做不到」了事。

「箭在弦上，不得不發。」

「即使毫無勝算也是嗎？」

複製聖遺物的訣竅至今完全不存在，考量到這一點就知道風險過大。

不過，小百合也非常清楚這種事。

「有勝算。使用你的魔法就能分析。」

小百合過於展現真心話的說法，使得達也不禁失笑。簡單來說，需要的不是他的頭腦，而是他的特異能力。

如同至今的情況一般。

「就算使用我的魔法，也無法保證能複製……如果您真的堅持，請把樣本拿到開發第三課。我會經常過去那裡露面。」

即使情況如此，達也同樣不在意。他正想不擇手段蒐集魔法式儲存功能的線索。但他的目的是魔法式儲存功能，複製瓊勾玉是第二順位，所以他想避免被總公司的研究員驅策。畢竟在總公司的研究室，行程無法自由安排，各方面很不方便。

「…………」

但小百合無法接受這項提議。她基於立場，非得考量到ＦＬＴ內部派系的角力關係，不能只讓開發第三課成名。此外，還有另一個更加重要、更加無聊的理由，她與她的丈夫都不希望托拉斯·西爾弗——亦即達也擁有更強大的發言份量。如果在總公司的研究室，就可以直接搶走達也的研究成果，不過在達也支持者較多——應該說幾乎都是達也支持者的開發第三課，有可能連其他研究員的成果都納為達也的功績（小百合如此懷疑）。

小百合不可能接受達也這項提議，正如預料，她露出緊咬臼齒的表情。

「還是說，這個樣本可以由我保管？」

達也這句話，是希望對內心糾葛、無法動彈的小百合提供助力。而且，這確實成了小百合脫困的關鍵。

「免了！」

不過並不是朝協議，而是朝決裂的方向進展。小百合無論如何，都想以總公司——以己方陣營之力成功複製聖遺物。達也提議保管樣本，也就是將聖遺物留在自己手邊研究複製方法，就她聽來是強人所難。實際上，應該是她向達也提出這個「現階段沒有成功案例」的難題，但現在的小百合沒有冷靜到能自覺這一點。

小百合火冒三丈地站了起來。

「我完全明白了！求助於你是大錯特錯！」

小百合將珠寶盒塞進手提包，用力轉身快步穿越走廊。

保持距離跟在後方的達也，以公事般的語氣詢問在玄關穿鞋的小百合。

「您帶著貴重物品，要送您到車站嗎？」

「沒必要，我搭通勤車回去！」

「這樣啊，路上小心。」

達也恭敬地行禮，看起來絲毫沒有被繼母的刻薄話語影響心情。

「深雪。」

達也從玄關呼喚，換上細肩帶連身裙的深雪，戰戰兢兢地走下樓。

裸露的手臂、肩膀到頸項處染上了一抹紅暈。這當然不是化妝使然，肯定是對剛才的行徑感到害羞不已。

「哥哥，那個……非常抱歉，我剛才做出了幼稚的舉動。」

她把剛才的態度形容為「幼稚」，其實應該形容為「不檢點」。深雪自覺這一點，但還是在達也面前穿得如此清涼，看來她的心情仍受到自己嬌媚露骨的演技所影響。

達也輕撫不敢正視自己的妹妹臉頰，手指滑到下顎，就這麼以食指抬起深雪的頭。

深雪白到妖豔的肌膚，從胸口到肩頭都染得一片朱紅。柔順的秀髮滑過指縫，展露出眼角羞紅的水嫩美貌。

「那……那個……」

如同索吻的姿勢令深雪難為情，但她沒有將目光移開哥哥的雙眼。

放在下顎的手指，再度滑上臉頰。

深雪陶醉地閉上雙眼。

然後……

「呀！」

發出一聲夾帶鼻音的簡短尖叫。

「您……您在做什麼！」

「處罰。」

妹妹退後一步，滿臉通紅地瞪著自己（畢竟她忽然被捏鼻子，這也是自然的反應）。對此，達也則是笑著回應。

「真是的……哥哥欺負人家。」

妹妹露出彆扭表情撇過頭，達也為她可愛的反應頻頻竊笑之後重整表情。

「我出門一趟，麻煩鎖好門窗留下來看家。」

「哥哥？」

命令看家的聲音聽起來非比尋常，深雪也繃緊表情要求哥哥說明。

「我去支援某個危機管理意識不足的女性。」

深雪接過達也脫下的制服外衣，接著不悅地蹙眉。

「……那些人到底要讓哥哥多麼費心才肯罷休呢。」

「很抱歉，這件事我無法視而不見。小百合阿姨身上有個樣本，那可能會成為魔法式儲存系統的線索也說不定。」

達也從脖子抽下領帶交給深雪，說明他外出「支援」的真正理由。

深雪的臉上露出接受的表情，在下一瞬間更加不悅地蹙眉。

「既然是這個原因就沒辦法了。哥哥，請小心。」

放學後在資料庫的對話，深雪記憶猶新。她不能因為討厭父親的情婦就阻止哥哥完成目的。深雪說不出「別去」或「沒必要去」這種話，從衣帽架拿起達也的外套。

達也由深雪幫忙穿上外套，從玄關收納盒取出手套與安全帽，穿上騎車用的靴子，朝雙手併攏恭敬行禮送行的深雪簡短說聲「我出門了」。

◇◇◇

自動行駛的通勤車裡，小百合感覺地心引力似乎有兩倍重。

轉換成語言，就是「搞砸了……」的後悔。

調到管理部門之後，明明應該早已習慣協調事情，卻很容易火上心頭。她對自己感到丟臉，並且不由得沮喪。

在那個名義上是繼子的少年面前，她總是難以維持平常心。

她也自覺到箇中原因。

情敵的兒子。

身為技師的才能與實績。

完全無法解讀情感，無從捉摸的眼神。

被那名少年注視，會覺得自己不是人類，而是降級為單純的觀察對象、單純的物體。

她尚未理解到，這是把他當成道具使用的己方，在鏡子中的樣貌。

她只知道，為了完成這次的任務，無論如何都需要他的協助。結果卻因自己的急躁，導致事情更難如願。

小百合面向窗外，嘆出長長的一口氣。

不經意揚起視線一看，她感覺車潮似乎莫名稀少。

她發現，從剛才就完全沒有會車。

這裡是住宅區，但時間還不算太晚。

覆蓋內心的煩躁由不安取代。

她以通勤車上的控制板查閱交通情報。

依照管制中心的訊息表示，為了迴避故障車輛的關係，從車站前往這個區域的車輛都受到引導，繞路行駛。

總之現狀得到合理解釋，小百合鬆了口氣。

以大型電動機車追趕小百合座車的達也，也感覺交通流量過少。

安全帽接收器播放的語音情報，和小百合座車儀表板顯示的內容相同。

但是達也完全無法找出能夠放心的要素。

他不是懷疑車輛故障阻礙交通的情報。

想要干涉交通管制系統，可說難如登天。達也曾經現場目睹真田與藤林聯手入侵系統，所以很清楚這一點。

不過，從達也住處到車站的路，各個交通要衝同時有車輛故障不能動，導致完全沒有對向來車，達也沒有樂觀到相信這是偶發狀況。

要找出管制系統底下行駛的通勤車位置並非難事。尤其通勤車是地域社會共享的交通工具，為了防止有心人士入侵系統竊車逃逸，隨時會回傳識別訊號。

訊號的辨別方式並非機密。

達也離家時，就已經追蹤到小百合所搭的通勤車的位置。

然後，繼母搭乘的通勤車終於進入達也的視線範圍，他也發現一輛不受交通管制系統控制的自用車，緊跟在通勤車後面。

通勤車儀表板亮起警示燈。
代表不受管制的手動駕駛車從後方接近。
不過小百合沒有特別在意。
在這個時代，依然有人的嗜好是開車兜風。
出身技術領域的她，知道這種駕駛人會改造自用車，封鎖交通管制系統的干涉訊號。
如果管制外的車輛每次接近都要在意，將會沒完沒了。
小百合重新深深坐好，姑且關掉刺耳的警報聲。

管制外的黑色自用車開始加速，達也見狀猛然催足油門。
達也的機車在加速方面占優勢。
但是距離與相對速度，使得黑色自用車較早接觸小百合的通勤車。
以為要超車的自用車忽然切過來擋在前方，使得通勤車的防撞系統自動運作。
緊急煞車的自用車走下兩名男性，跑向同樣緊急煞車的通勤車。
在監視器設置得毫無死角的路上做出這種事，實在過於大膽。光看這種手法，就能推測出歹徒是偷渡客。因為，如果是市民或守法入境的外國人，從影像情報就能立刻查出身分。

達也將大燈開到最亮，照向企圖撬開通勤車門的兩人。

就這麼維持燈光照射，達也下車衝向對方。

在他們舉手遮擋眩目光芒時，達也趁機以右手拔出懷裡的ＣＡＤ。

片刻之後，一名男性舉起手槍，另一名男性以拳頭朝向達也。

手指上的黃銅色戒指，在機車大燈的照耀之下，釋放深色的光澤。

這枚戒指釋放出刺耳的想子噪音。

「演算干擾」——是晶陽石所製造，妨礙魔法的波動。

一人癱瘓魔法防禦，另一人以手槍解決對手。

若是應付少數魔法師，這是如同模範的有效戰法——前提在於對方是普通魔法師。

手槍的槍口指向達也，瞄準的部位是心臟。精準到即使以臨場反應仍然無法完全閃躲，顯露出明確的殺意。

但是，這名男性未能扣下扳機。

達也手指扣下ＣＡＤ扳機的速度，勝過男性手指扣下手槍扳機的速度。

男性所握的手槍拆解而散落到地面。

其中一名男性，也可能是兩人同時大喊。由於語氣激動又有些距離，達也沒能聽懂內容，只能辨識「演算干擾」這個詞。對方應該是驚訝於演算干擾無效，或者是不曉得明明已經妨礙了魔法，手槍為何還是拆解成零件，因而放聲大喊。

無論如何，達也無須理會。即使對方為這種「無謂的事情」分神，達也的預定行動也沒有變更。於是他再度扣下ＣＡＤ扳機。

剛才舉槍的男性發出慘叫，橫倒在地，按著大腿在路面掙扎。

下一瞬間，戴著戒指的男性按住了肩頭踉蹌，發出無聲的呻吟而冒出冷汗跪下，就這麼昏迷趴倒在地。如同被極細的針貫穿的傷口裡，皮膚、肌肉、血管、神經與骨骼全部瓦解的劇痛，使他無法維持意識。

這是分解魔法「雲消霧散」局部分解人體的結果。

以何種方式刺穿何處，能使人體感受到超越意識耐力的痛楚？

以何種方式射穿何處，能使四肢脫離意識的控制？

達也以自己的身體與他人的身體，熟知箇中訣竅。

他繞過倒地的兩人，走向黑色自用車。

ＣＡＤ指著自用車，還沒扣下扳機。

這是壓縮幫浦式的氫氣車，貿然攻擊會引發大爆炸。按照常理，車上當然要安裝防止過度燃燒的安全裝置，但實際上在這個世界，還是有車輛拆掉安全裝置作為炸彈恐怖攻擊用途。

如果深雪在場，就完全不必擔心爆炸，不過很遺憾她在家裡留守。道路右側是頗寬的河流，左側卻是林立的民宅。考量到住家與道路的受害程度，達也判斷不能採取強硬手段。

不過，說得嚴苛一點，這是粗心大意。

忽然間，一陣殺意從右斜上方投射過來。

達也半反射性地採取閃躲行動。

他的行動沒有瞬間的遲滯或停滯。

即使如此，依然無法閃躲超音速射來的凶惡子彈。

胸口傳來類似燒灼的痛楚。

子彈貫穿他的左胸。

中彈的力道將他震飛。

對方的瞄準極為精確。

達也勉強成功避開要害，但子彈貫穿了肺臟。

槍聲晚一步才傳達，看來狙擊距離相當地遠。即使如此，若是達也沒有採取迴避動作，子彈將貫穿他的心臟了吧。

即使講得比較保守，對方依然是高明的狙擊手。

達也利用震倒的力道主動翻身，躲到小百合所搭的通勤車後方。

槍傷已經痊癒。即使是一般來說會致命的重傷，以他的魔法也能瞬間治癒。

但是並非感覺不到痛楚。

胸口中槍，子彈穿出背後的劇痛餘韻，使得達也冒出冷汗。

但他現在無暇分心在意這種虛幻的痛楚。

達也重新推測敵方位置。從子彈方向、角度與成為阻礙的建築物配置來看，狙擊地點是河流對面的商業大樓群。

距離他所在位置約一千公尺。

能以這種距離輕易射穿人體，而且背上彈孔很小，推測使用的子彈是尖頭穿甲彈。以合成樹脂打造的通勤車車身當成掩蔽物，應該沒什麼效果。

而且麻煩的是，這名狙擊手沒使用魔法。

無論是何種魔法，只要對方使用，達也就能鎖定對方位置。

相對的，對方純粹只使用射擊技術，在這種距離下，達也很難以精靈之眼發現對方。

倒在地上的兩人，他們的身體輕盈上浮。

黑色自用車開啟車門，將兩人身體粗魯地吸入車內。

達也沒有阻止。要讓回收兩人的移動魔法失效很簡單，但他決定先排除狙擊的威脅。

找出剛才射穿自己的子彈，查閱情報體。

徹底發揮分析情報體的能力，讀取附屬於子彈的情報。

沾附的體液。

人體的抵抗。

風的影響。

重力。

發射時的氣壓。

施加在子彈的各種變化，成為壓縮情報傳入達也的意識中。

從中分辨、挑選狙擊時的座標情報。

從子彈到彈道，再到狙擊手，這是回溯情報、「世界」的記憶、時光的工作。

從現在到過去。

然後從過去到現在。

以狙擊手開槍時的位置情報為基點，在記錄世間萬物情報之「世界」本身的情報體──情報體次元，依循刻在其中的狀況變化紀錄，查出現在的座標。

（找到了。）

達也的心眼鎖定狙擊手的情報體──在情報體次元之中，將狙擊手從其他事象、實體之中劃分出來的情報聚合物。

達也知道對方再度朝著自己這裡鎖定。

之所以沒有開第二槍，是因為對方將射穿防彈裝甲用的對人穿甲彈，更換成射穿掩蔽物後方敵人用的反物質高速穿甲彈，在時間上有所延誤。

完全掌握狙擊手物理情報的達也，可以看透到這種程度。

不得不說自己很幸運。

達也抱持這種想法扣下扳機，使用了分解整具人體的魔法。

◇　◇　◇

黑色自用車逃離約十分鐘後，達也判斷不再危險，從通勤車後方起身。

看向車內，小百合昏迷不醒，通勤車遲遲沒有再度發動。達也早已預料是這麼回事，所以完全沒亂了分寸。

上下左右膨脹的安全氣囊，使得她的身體像是被緩衝材料包裹般埋在座位上。保護乘客不在車禍受傷的系統完美地運作了。

既然這樣，她應該沒受到太大的打擊。

恐怕是心理受驚而失去意識。

即使關連性不大，她依然屬於四葉旗下，應該對這種火爆場面有點抗性，卻落得這種下場。

達也認為她這樣和「普通市民」沒什麼兩樣。

改良為可以反覆利用的安全氣囊收起之後，車輛以完全自動行駛模式再度發動。

達也騎著自己的機車，跟在緩緩行駛的通勤車後方。

抵達車站時，小百合已經清醒，臉色有點蒼白的她並未驚慌失措。不過以機車護送的達也，並不知道她剛清醒時的狀況。達也送她抵達電動車廂月臺時，小百合硬是將瓊勾玉的盒子塞給達也。當時頑強又拚命的態度，達也認為完全展現小百合的逞強心態。

達也在車站目送小百合之後返家，一進門就走向電話機。沒在車站打手機的原因不用多說，當然是為了防止竊聽。

『……不用擔心道路監視器，已經在處理了。』

「少校，謝謝您。」

使用的是獨立魔裝大隊司令部的祕密線路。

達也必須隱瞞自己身為十師族四葉家戰鬥要員的身分，以及獨立魔裝大隊特務軍官的身分，因此一定要優先避免他人從道路監視器影像查出身分。

達也挺直背脊，朝著畫面上的風間行禮。

『話說回來，對方真敢動手。即使不是市中心，卻二話不說就在東京持步槍狙擊。』

「在下不否認自己粗心大意，但是對方的能耐強到恐怖。」

『對方沒使用魔法？』

「肯定沒錯。」

如果使用了引導彈道的魔法，必定會產生改寫事象的反作用力。使用超知覺系的魔法，想子波必定能捕捉到識別對象。如果對方使用魔法，達也不可能察覺不到。

風間也非常清楚達也的感官能力。

『嗯……只靠光學瞄準器，就能在夜間成功狙擊一千公尺外的目標嗎……』

畫面上的風間視線朝下，可能是在審視狙擊現場的地圖。達也在狙擊方面也不是外行人，但如果是「使用槍枝狙擊」的話，風間比他熟悉得多。達也不知道風間在意什麼事，不過風間光是聽他的敘述，就看出某些他沒看出的事情。

『……有能力調派此等狙擊高手的組織，放眼全世界也有限。或許出乎意料地能輕易查出對方的真面目。』

「麻煩您了。」

「攻擊是最大的防禦」這句話的意思，在於如果能在受到攻擊之前癱瘓對手，己方就不會暴露在攻擊的危險。既然雙方已經交鋒，達也不可能採取「只要對方不再出手，己方也不會出手」

這種和平的應對方式。

『嗯？等一下……剛剛收到報告，找到車輛了。』

黑色自用車有將車牌隱藏起來，然而光是這樣瞞不過架設在市區各處道路的防盜監視器。既然正確掌握至今行經的地點與時間，要找出車輛實為輕而易舉。

『本官想由我們這邊調查並處分，無妨吧？』

「勞煩您了。」

風間出言確認，而達也毫不猶豫地點頭回應。

「親手解決逃跑的對手」這種無意義的執著和他無緣。

◇◇◇

上演這場出乎預料的戲碼，使得晚餐時間比平常晚了很多。但深雪毫無厭煩表情，身穿滿是荷葉邊的粉紅圍裙，勤快準備達也的餐點。

「那件圍裙……？」

「您察覺了？」

達也脫口說出這句話，深雪笑著轉身回應。

深雪的衣物大多是簡樸成熟的設計。

不知道形容為「少女情懷」是否合適，這件花俏可愛造型的圍裙，達也第一次看見。

「剛才買的就是這件？」

在車站和朋友道別之前，深雪被美月與艾莉卡拉進一間青少年取向的雜貨店。

三人比預料中更早離店。在門外長椅等待的達也，詢問她們究竟買了什麼，艾莉卡只回一句「祕密」，達也到最後沒有得到答案。

「美月要換新圍裙，我就和她一起買了……那個，這樣會很奇怪嗎？」

或許是和平常衣物的風格不同，深雪投以有些不安的視線詢問達也。

要附和很簡單，但達也再度仔細打量妹妹的穿著。

圍裙下緣和連身裙差不多，可能是因為這樣，看起來像是成套的圍裙服。

而且是迷你圍裙服。

繞過肩膀在背後交叉的兩條滾邊肩帶，以及在腰部後方綁成蝴蝶結的寬衣帶很可愛，裙襬下方裸露的大腿散發出豔麗氣息。

達也覺得，這副模樣不太方便讓外人看見。

「這樣非常適合妳。甚至想悄悄收進只屬於我的玻璃櫃當裝飾品。」

將想法率直說出口，就成為有點奇怪的形容語句。

「哥哥……我覺得這樣有點驚悚。」

只聽這句話會覺得深雪似乎深感無奈，不過看表情就知道她在掩飾內心的羞澀。

然而達也沒有刻意追究，而是笑著拿起了筷子。

晚餐過後，兄妹從飯廳來到客廳。

達也坐在兩人座沙發，深雪在他的前方放了一杯咖啡，接著把自用的杯子放在桌上，就這麼坐在哥哥身旁。

「話說回來，您說那個人拿了擁有儲存魔法式功能的樣本過來，是為了什麼事？」

深雪稍微保持距離而坐，雙腳併攏、微微斜擺，雙手放在大腿上，將目光投向斜坐的達也，像是無法藏起好奇心般發問。

「是否真的擁有儲存功能，是接下來要調查的事。」

達也預料她肯定會問這個問題，因此也早已準備答覆。

「她要我幫忙工作，這部分一如往常。」

「準備答覆」的意思，並不是以煞有其事的謊言瞞騙。

「不過，這次的工作似乎很有趣。」

「您答應了？」

深雪這句話只是附和。依照至今聽到的狀況，她知道哥哥不可能拒絕這次的委託。

「既然是這種東西，我無法裝作不知情。何況樣本也像這樣寄放在我這裡了。」

達也目光移向桌面一角。

那裡放著小百合拿來的大型珠寶盒。

小百合害怕另有他人襲擊行搶，硬是交給達也保管。

達也當時提到會交給開發第三課，因此沒有任何不方便之處。

「這就是可能擁有魔法式儲存功能的樣本？」

「嗯。」

到底是什麼東西？深雪提出無言的詢問，達也打開珠寶盒回應。

「瓊勾玉系統的聖遺物。」

達也將真相告訴窺視內容物的深雪。

深雪以雙手掩嘴，睜大眼睛看向達也。

「那個人為什麼把這種東西……」

「是軍方的委託，要求複製這個東西。」

「太亂來了……」

即使熟悉程度不如達也，深雪也明白聖遺物究竟是何種物品，也知道企圖複製聖遺物是多麼魯莽的挑戰。

「軍方應該也知道這是亂來，而且明知亂來也認為值得挑戰。」

以魔法式干涉事象附屬的情報體——個別情報體，暫時改寫情報體，使得事象依照魔法式的記述而改變——這就是魔法。例如表面是紅色的球體，附帶著「主要會反射紅光」與「形狀是球體」的情報。如果以「主要會反射藍光」的魔法式改寫情報，球體表面就會變成藍色。以魔法式改寫伴隨事象而來的情報，記述在魔法式的情報就會暫時顯現於該事象上。效果會持續到魔法式消失，事象原本附屬的情報成為表徵為止。

魔法式是發動魔法時擔負最重要職責的道具。從上述例子就知道，光是儲存魔法式並不能成為魔法。但如果能夠在改寫己身個別情報體的狀態，將改寫時使用的魔法式儲存起來，施展的魔法就可以永遠維持效果。若能儲存魔法式成為附屬情報體，取代物質原本擁有的個別情報體，就能達到這個目標。

換句話說，能夠儲存魔法式的物質，就有可能當作可以儲存魔法效果的物質。

理論上，如果能將改寫溫度的魔法式儲存起來，那麼無須提供任何能量，也能維持幾百度的高溫或是零下幾十度的低溫；如果儲存改寫運動速度的魔法式，就能如願作出擬真永動機。

「光是儲存魔法式，無法成為魔法師的替代品，不過要發動機械性的魔法，儲存魔法式的功能不可或缺。我對複製瓊勾玉一事沒興趣，但如果它真的擁有儲存魔法式的功能，我務必要解析這個系統。」

「哥哥肯定做得到。」

不知何時，深雪緊貼著達也而坐，以溫柔的聲音激勵面色凝重地低語的達也，輕輕把頭依偎在哥哥的肩膀上。

盡量親手做家事，不依賴機械照顧達也，是深雪的行事宗旨，但她沒有執著到連飯後洗碗盤的工作都自己來。她還是學生，該做的事堆積如山，必須進行某種程度的取捨與選擇。

深雪將晚餐使用的碗盤全部交給ＨＡＲ（家庭自動化機器人），坐在書桌前面。

即使是魔法科高中，也不代表可以不用學習魔法以外的學問。

由於沒有考試，校方很重視每天的課業。

深雪現在寫的是數學作業。真要說的話是她不擅長的科目。

從剛才就有個題目老是解不開，於是深雪暫時從螢幕移開目光。

現代電腦擁有先進的對話型介面，只要使用電腦的運算能力，除非是處理高度專業的數學難題，否則理應不需要自己解開計算題。不過數學方面的思考，會在架構新魔法時成為助力，哥哥以此為理由命她不能偷懶。

深雪輕輕發出倦怠的嘆息。

在這種時候，她很羨慕萬能的哥哥。

要不要去請哥哥教我好呢……心不在焉地冒出這個念頭的深雪，連忙把頭用力搖到像是會發出聲音一般。

達也應該早早著手分析那個聖遺物了。

深雪認為，自己平常就已經束縛達也的自由，必須盡量避免進一步勞煩哥哥。

達也就讀第一高中的原因只有一個，就是深雪就讀第一高中。至少深雪如此認為。

達也宣稱必須得到魔法科高中畢業證書，才能就讀國立魔法大學。雖說如此，不過凡事都有例外。比方說，如果在學術領域立下意義重大的成果（像是發現「始源碼」），無論是否擁有魔法科高中畢業證書都能得到報考資格。只要達也有心，隨時都能獲得報考資格，而且深雪深信哥哥肯定會輕鬆考上。

到最後，哥哥的目標只是魔法大學這種高等研究機構。深雪明白這一點，也理解到高中生活對他來說只是繞遠路。

達也非得這麼做的理由，在於他是深雪的守護者。

在四葉家，「守護者」是不惜犧牲自己生命也要保護特定重要人士的人。為了避免四葉直系少女當年遭遇的悲劇重演，為了保護四葉血統而選出的戰奴都冠上這個頭銜。

守護者的職責表面上和護衛相同，但暫時聘雇的「護衛」和「守護者」性質明顯不同。

四葉的守護者並不是出生就註定擔負這項職責，但是一旦選上就沒有任期年限。沒有假日，二十四小時全天候待命，這一點和一般護衛相同，但守護者沒有辭職權。如果是護衛對象主動解任就可以辭職，然而至今的四葉守護者都是在崗位上結束一生，毫無例外。

達也在某種程度上可以自由行動，是因為他在遠處也能保護深雪。魔法不受物理距離影響。兩人之間沒有心電感應，但達也使用部分的潛意識領域，隨時以「認知事象附屬情報體的視力」監視深雪周圍。不對，形容成「施加魔法監視」或許比較正確。

然而即使是達也，也無法在睡夢中使用魔法。

雖然和距離無關，還是必須配合彼此的生活作息。

如果是週末或長假，深雪可以配合達也的作息，但是在上學日，達也作息必須和深雪相同，也就是配合學校規定的作息行動。何況，即使魔法不受物理距離影響，近一點還是比較容易應付各種威脅也是事實。

不過，這一切都是因為深雪沒有解除達也的守護者職責所導致。

如果深雪解除達也的職責，應該會有其他同性同年紀的守護者受命前來保護。即使魔法師人手不足也一樣，因為深雪是四葉下任當家的最熱門人選。

不過，深雪之所以希望達也保護自己，並不只是出自她的任性。

四葉將守護者的任務視為最優先事項。

達也擔任深雪守護者的這段期間，不會受命執行其他無聊的任務。

也不會被迫接下弄髒雙手的工作。

父親或是父親的後妻，表面上也無法把話說得強硬。

沒辦法逼達也協助他們。

深雪考量到這些隱情，才希望達也和她就讀相同高中——不過深雪自覺這個要求的根基，是自己離不開哥哥的依賴心態。

深雪再度發出了嘆息。

為自己不如意的心，為進度不如意的課業嘆息。

即使不請哥哥詳細教導，只要看過哥哥完成的答案就好——深雪三十分鐘後才想到。

隔天放學後。

達也前往圖書館，收集報告所需的資料。

若要老實說的話，他很想專心分析樣本（瓊勾玉系的聖遺物），但也不能疏於（輔助）準備論文競賽的工作。

名為圖書館，如今卻幾乎數位化，紙本書籍只占館藏資料的極少部分。既然能夠線上閱覽，就不需刻意上圖書館，但達也他們論文小組需要的文獻受到嚴密管理，只能在館內閱覽。

走到閱覽室深處尋找空位的達也，在個人包廂閱覽區遇見了一個熟人走出來。

「哎呀，達也學弟。」

「七草學姊，這是『讀書之秋』的意思？」

達也最後一次見到真由美是一週前，還不到「久違」的程度。

達也自認這聲招呼無傷大雅，真由美卻不太滿意地微微嘟嘴。

「我說啊，達也同學……我是三年級。」

「呃……這我知道。」

真由美把早就知道的事情講得好像很重要，使得達也不禁感到困惑。

「說到高中三年級，當然會想到大學考試吧？你怎麼不認為我是在準備考試呢……我看起來這麼悠哉嗎？」

真由美的說明，讓達也更加困惑。

「……七草學姊不是確定保送嗎？」

成績優秀、擔任學生會長，也是知名的魔法競賽運動員，獲得的冠軍獎盃不計其數。如果這樣都不保送，還能保送誰？

不過，真由美的回答卻出乎達也預料。

「咦？原來達也學弟不知道嗎？我拒絕接受保送了。擔任過學生會幹部的人拒絕保送，是本校的不成文規定。」

「……我第一次聽說。」

「因為魔法大學規定，每所魔法科高中的保送名額各十人。我們學校報考的人數比其他學校多，所以要有效利用名額。」

「換句話說，要優先保送及格邊緣的學生？」

「這種說法有點過分……總之，就是這麼回事。」

「這……」

就某種意義來說或許合理，但還是有某些地方不對勁吧。

達也如此認為，不過看到真由美毫不懷疑的表情就打消指摘念頭。

真由美看到達也一副含糊其詞的樣子，歪著頭露出了「嗯？」的納悶表情，但注意力立刻移向別處去了。

「話說回來，達也學弟來做什麼？」

語氣聽起來像是對他來到這裡感到意外，達也有點失望——達也是圖書館常客，使用機率肯定比真由美頻繁——但他無須隱瞞來意。

「我是來收集論文競賽的資料。」

「啊，這麼說來，鈴妹指名你幫忙，對吧？」

（……幫忙是吧……）

達也心想，在他人眼中應該是這麼回事。

論文競賽同樣是團體戰，卻和「祕碑解碼」這種看得見各人活躍的比賽不同，局外人看不出各成員在論文寫作時的貢獻程度。因此認為上臺報告以外的人都是助手也沒什麼好訝異。

「……唔，站在這裡講話會妨礙別人，進去吧。」

真由美說完，指向她剛走出來的包廂。

「你要用吧？」

其實再次借給別人共用是違反禮儀的做法，但是又沒有其他人在門口排隊。

於是達也大方地點頭回應。

單人用的閱覽室，擠進三人將會難以動彈，擠進兩人一樣會覺得相當擁擠。真由美在女性之中也算嬌小，但達也的體格在高一秋天已經高於成年男性平均水準。即使沒有特別壯碩，肩膀卻相當寬，坐下來頗占空間。坐在終端裝置前面的達也，和坐在預備凳子上的真由美，處於彼此肩膀相貼的狀況。

在狹小的房間裡和美少女獨處。

即使在這種場面，達也依然不會興奮或畏縮。真由美從過去經驗學習到了這一點——關於她自認是「美少女」一事……畢竟是客觀的認知，所以暫且不提。

達也毫不在意肩膀相觸，熟練地操作終端裝置。真由美沒有煩躁、失望或是反過來警戒他，繼續剛才中斷的話題。

「對於達也學弟來說應該很突然，但還是拜託囉。」

「……確實很突然。」

真由美毫無徵兆就理所當然地唐突搭話，達也對此有點困惑，但他腦中成功連結剛才中斷的對話，因此沒有詢問真由美說的是什麼事。

「不過，七草學姊不用擔心這件事吧？」

達也依然將目光固定在螢幕，一副不甚關心的樣子回問。

「是沒錯，不過對於鈴妹來說，本次主題具備的意義，不只是競賽的輸贏。」

「這麼說來，沒人徵詢學姊是否願意代打？」

「這個主題我應付不來。何況我不太擅長這種讓複雜工序持續運作的魔法。」

達也覺得這段問答有點牛頭不對馬嘴，但他解釋成鈴音熟知真由美擅長與不擅長的領域，所以預先將她從候補名單排除。

「鈴妹各方面幫我了很多忙，所以我也很遺憾這時候沒能成為助力……」

真由美越說越小聲的這番話，很難判斷是在自言自語還是對達也說話。達也不曉得該如何附和，最後只能默默以手指進行抽取資料的動作。

「所以我希望達也學弟這次能努力。我覺得達也學弟可以成為鈴妹的助力。」

「市原學姊對這次的主題抱持著什麼特別的情感嗎？」

達也之所以會如此詢問的原因，與其說出自好奇心，應該說他不禁在意真由美這份要求超過了單純的激勵。

「因為就某種意義來說，這是鈴妹實現夢想的第一步。」

光是這樣回答，無法得知任何具體的事情，但達也沒有深入詢問的意思。

他認為鈴音抱持何種夢想，似乎都和他沒什麼關係。

不過真由美無視於達也的想法，沒有停止述說。

「要提升魔法師的地位，而且不是以政治壓力，是以經濟的必要性改變魔法師的地位。讓魔法成為經濟活動不可或缺的要素，魔法師就能真正擺脫既定命運，不再被當成打造出來的兵器。重力控制魔法式熱核融合反應爐，將成為實現願望的有力手段……鈴妹至今一直這麼說。這次的論文寫作，正是實現這個願望的具體第一步。」

達也不由得轉頭看向真由美。

真由美被他睜大的眼睛凝視，展現畏縮的模樣。

「咦，怎麼了？」

「嚇我一跳，沒想到市原學姊和我的想法完全一樣……」

「啊？達也學弟也是？」

真由美睜大眼睛，以偏高的語調回應，達也以穩住分寸的表情點頭。

提供經濟利益，藉以提升魔法師的地位，這個構想其實不是源自鈴音或達也。

即使支持者很少，二十多年前就有人提出這個點子。

不過，至今甚至沒有實現的徵兆。

即使是現在，魔法師的主要「用途」依然是軍事方面。

在世界局勢尚可的現在，實際當成兵器使用的案例已經減少了。

然而魔法師的開發（不是魔法的開發），據稱依然有九成是為了利用在軍事方面。

而且這在現狀是無可奈何的事。

能沿用於民生的魔法，幾乎都可以用機械技術取代。

無論是控制溫度的技術，還是改變物體速度的技術，即使效果不像魔法那麼顯著，但如果是社會所需的程度，非魔法技術就足以穩定提供。

用不著刻意以魔法取代。

高度發達的自動機械，沒必要換成魔法師。

操作機械或撰寫機械程式，不需要魔法技能。

除非現代科技無法實現的技術能以魔法進入實用階段，而且成為社會的必需品，否則「以經濟利益解放魔法師」只是理想主義者的空談。

另一方面，重力控制魔法式熱核融合反應爐的構想，也不是由達也他們原創。

五十年前，核融合反應爐的研究陷入瓶頸時，就有人著手研究是否能以魔法實現。

不過，這項研究如今不盛行了。

因為學者已經確認，以重力控制魔法維持核融合反應，是困難到歸類為「加重系魔法三大難題」的技術，而且太陽能循環在現階段足以提供「先進國家」所需的能源。

至少在這個二十一世紀末，幾乎看不到任何人提倡打造重力控制魔法式熱核融合反應爐，藉以提升魔法師的地位。

「沒想到這麼近的地方，就有人抱持這種冷門的思想。」

達也以佩服甚於驚訝的心情低語，真由美不知為何給了他一個白眼。

「……這樣啊～和鈴妹意氣相投真是太好了。」

不只是眼神，聲音也表達她不悅的心情。

「慢著，我認為這並不是意氣是否相投的問題……何況市原學姊的研究方向，似乎和我完全不同的樣子。」

納悶她為何鬧彆扭的達也，回話時也連帶變得如同在講藉口。

「不過基本概念一樣吧？達也同學其實欣賞鈴妹那種類型？」

「啊？」

「難怪你明明和這～樣子的美少女並肩說話，卻完全沒有出手的意思呢。大姊姊是兒童體型真抱歉啊。」

這個人到底在講什麼？這是達也出自真心的感想。

何況即使研究主題相同，也經常不會成為搭檔，反而大多是競爭對手。而且真由美只是比較矮，絕對不是兒童體型，他認為反倒是窈窕又成熟的體型。

非得解開的誤會太多，不曉得到底該從何處著手，使得達也不知所措。

「……我不是暴露狂，不會當著監視器的面朝女性出手。」

達也應該也相當困惑吧。

他猶豫之後說出的第一句回應不甚恰當。

「啊……？」

達也似乎語帶玄機，其實沒有想太多的回應，使得真由美開始心神不寧、視線游移。

「呃……那麼，如果沒有監視器或他人在看呢？我想想……比方說，如果只有我們兩人到旅館訂房這樣呢？」

「如果學姊自己送上門，我會毫不客氣地享用。」

隨著喀噠喀噠的聲音，滿臉通紅的真由美連同凳子貼在牆壁，在狹小的室內儘可能和達也保持距離。達也見狀才終於察覺自己失言。

不斷想到什麼就說什麼的結果，似乎造成無謂的誤會了。

但要是繼續解釋，感覺將會更加自掘墳墓，所以達也抓住對話中斷的這個機會，從真由美身上移開視線，專心收集資料。

真由美理應從達也的回應感受到己身危險，卻不知為何沒有離開閱覽室。

◇◇◇

三天後要向校方提交論文的這天晚上，在自家工作站處理著資料的達也，察覺家用伺服器遭到了攻擊。

對方是從複數路徑同時攻擊，外行駭客沒有這種能耐。

這是以竊取情報為業的專職駭客手法。

既然這樣，恐怕不是隨機挑選位址，而是鎖定這個家的全域位址進攻。

無論達也擊退多少次，對方依然執拗地反覆攻擊。

真是相當執著。

看來又得更改位址了——達也在心裡抱怨，嘆著氣啟動反偵測程式。

隔天午休。

達也造訪輔導室。

商量對象是遙。

內容當然不是青春期的煩惱。

「……不過，對方中途就切斷連結，最後我找不到攻擊來源。」

遙絲毫沒有隱藏抗拒的表情（或者是展現得更加抗拒）。她身為輔導老師不應該採取這種態度，不過考量到達也的來意並非輔導及以前發生過的事，就不能單方面責備她。

「……所以呢？話說在前面，我沒辦法進行網路追緝。」

遙鬧彆扭的聲音令達也差點失笑，但不能更加惹她不高興，因此達也沒有笑出來。

「我知道老師擅長的領域，不會費您太多功夫。」

「不然是什麼事？」

遙的臉上浮現警戒的神色。

達也像這樣講得煞有其事時，反而可能暗藏玄機，她至少學習到必須立刻質疑。

「希望您就所知範圍告訴我，哪些組織在進行魔法相關機密情報的交易。」

達也露出安撫情緒的表面笑容，遙見狀厭惡地蹙眉。

「……我說啊，司波同學，你知道我也有保密義務吧？」

「當然。」

「…………」

遙的嘴唇固定為「居」的形狀。

達也認為，遙應該是想說「居然這麼厚臉皮……」。

因為他自己就這麼認為。

不過就算這樣，他也不覺得過意不去。

「……上個月底到這個月初，橫濱、橫須賀接連發生偷渡案件。」

遙以彷彿聽得到長長嘆息的語氣開始述說。一旦接受甜美的誘惑就很難斷絕緣分，這是諜報人員開發線民的初步要訣，自己居然著了這個道……遙肯定正在像這樣暗中懊悔。

「縣警與灣岸警備隊曾經聯合搜索，卻沒有得到顯著的成效。同一時期，向馬克西米利安與羅瑟採購物品的製造公司接連遭竊。」

馬克西米利安與羅瑟是世界頂尖的ＣＡＤ製作公司。換句話說，有人想對製造魔法機器的相關企業不利。

「您不認為兩件事毫無關連？」

「但還不能斷定是那些偷渡客的犯行。司波同學，我覺得不要從網路提交論文，以儲存裝置交給校方比較好。」

只有最後的建議，沒有包含不負責任的心情。

達也想要再度確認她的真意，但遙移開目光面對辦公桌。

意思是不想多說。

達也同樣明白收手的時機。

放學後的風紀委員會總部，達也向五十里提到昨晚非法入侵的來龍去脈。

「……那麼，沒有遭受損害嗎？」

「這部分沒問題。」

五十里擔心地探出上半身，達也雙手舉高阻止他繼續靠近，面帶苦笑搖了搖頭。

五十里光是換套制服，就會搖身一變成為「高眺的中性美少女」。即使他只是在物理層面拉近距離，依然令達也不太自在。

不過，達也當然不能表露這份想法，得注意自己身體不要向後仰到不自然的程度。

「不提這個，五十里學長家沒問題嗎？」

五十里愣住片刻之後，蹙眉說道：

「以你的說法，駭客的目標難道是……」

他的低語聲莫名地誘人。

五十里曾經提到自己的煩惱是同性朋友很少，不過其他人應該不是討厭他，而是刻意保持距離……出言回應的達也，思考著這種不相關的事。

「就入侵者的指令來看，目標似乎是魔法理論相關的文件檔。現在是這種時期，無法否認和有關。」

說到時期，其實另一個因素的可能性更大，但達也無法坦承到這種程度。何況凡事小心為妙。

達也這番話，使得五十里眉頭更加深鎖，似乎在思考是否有類似的徵兆。

「目前我心裡沒底……這件事也知會市原學姊比較好吧？」

「是的。」

達也原本就打算這麼做，因此立刻同意五十里的提議。

「啟，久等了～」

語尾似乎有音符舞動的愉快聲音介入話題。

不等回應就咚一聲坐在五十里身旁挽手撒嬌的人不用說，當然是花音。

「達也學弟，好久不見。」

一起進來的摩利，面帶「真拿妳沒辦法」的苦笑向達也搭話。

間隔十天再會，能否形容成「好久不見」似乎有待商榷。不過仔細想想，直到上個月幾乎每個上學日都會碰面，感覺好久不見或許也理所當然。

「是的，好久不見。」

達也起身請摩利坐在他至今所坐的位置。

「哎呀，謝謝。」

摩利沒有和達也相互讓座，露出甜美的笑容坐下。

這位女性還是如同往常一樣瀟灑呢——如此心想的達也回應「不用客氣」，自己另外搬一張椅子坐在摩利身旁。

「所以達也學弟，花音在工作上表現得如何？」

摩利劈頭就詢問出乎意料的事。

身為前任委員長，或許難免在意現任委員長的工作表現，但摩利同時找他與五十里過來，應該不是為了講這種事。

「摩利學姊？」

不過，看到花音慌張的樣子，她應該也知道這個問題的意圖。

這樣的學姊學妹關係，實在令人會心一笑。

「我已經沒有和學姊一起巡邏，所以不知道巡邏時的狀況……」

因為過於令人會心一笑，達也決定依循兩人的關係回答。

「委員長有做好整理的工作，尤其擅長丟東西。有時候我甚至覺得過於大刀闊斧。」

達也正經八百地以平淡語氣如此告知，摩利與花音隨即同時不太自在地動著身體。摩利知道自己不擅長整理，花音則是好幾次闖禍，連必要的東西都扔掉，後來找遍各處都束手無策。

就像這樣，達也這番話並非只說給花音聽。連帶被挖苦的摩利明白這一點，但局外人五十里不知道這麼多。

五十里轉身叮嚀花音，不過只有字句很嚴厲（？），語氣聽起來很甜。

「……雖然司波學弟那麼說，但花音得稍微自行處理行政事務喔。如果只依賴我就算了，我不在的時候，你幾乎都扔給司波學弟處理吧？」

花音對這番話的回應如下：

「……人家就是不擅長嘛，我認為這叫作量才錄用。」

彆扭的語氣與撒嬌的動作，和她平常（沒和五十里一起時）的英挺模樣呈現大幅落差。達也與摩利見狀不禁露出苦笑。

「……那麼，這個話題找別的機會再聊，進入正題吧。」

覺得差不多該點到為止的達也，如此催促摩利。

「嗯，就這麼辦。其實我是要找你們商量論文競賽警備的事。」

「警備？難道風紀委員會要負責警備嗎？」

「沒錯。」

在校外舉辦的活動，卻由學生負責「警備」，聽起來頗為奇妙，但只有達也感到突兀。這應該是每年的慣例。

「雖說是警備，但不是警備會場，那邊是由魔法協會派專家負責。」

摩利似乎也不想把誤會扔著不管，在達也詢問之前就開始說明。

「我想商量的，是小組成員身邊的戒護，以及報告資料與機器的看管工作。畢竟論文競賽會用到『只對魔法大學相關人士公開』的貴重資料，此事外人也相當清楚。因此參加競賽的成員，經常成為產學間諜的目標。」

相當符合時宜的話題，令達也稍感驚訝。他原本就覺得有可能，但老實說不免意外。

「……比方說入侵家用伺服器？」

「不，終究不過是高中生的層級……雖說是間諜，也只有不良分子趁機賺點外快，我沒聽過入侵網路這種誇張的案例……」

達也聽到摩利的回應，換個心態認為確實如此。

在現代，光是非法入侵網路就是重罪。竊取網路情報的刑責比強盜還重，篡改檔案等同於殺人未遂。加上網路保全系統強化，因此在專業罪犯眼中，網路犯罪是相當不划算的生意。

這麼一來，昨晚的攻擊果然是……達也分心思考時，摩利的話題逐漸接近核心。

「必須提防的反倒是偷竊與搶劫。四年前也曾發生過學生前往會場途中遇襲受傷的案例，因此各校在論文競賽的前後數週，會派人保護參賽成員。」

幸好，達也在非得重新詢問之前成功回神。

「本校當然也是每年派人護衛，護衛成員從風紀委員會與社團聯盟執行部門挑選。不過實際上由誰保護誰，會尊重當事人的意願。」

「我會保護啟。」

此時花音以理所當然的態度插嘴。

達也覺得真令人會心一笑，但這次他成功地忍住苦笑或失笑。

「……總之，五十里應該沒異議，這邊就定案了。當然我們會另外派人輔助……不過花音，別把助手當成電燈泡趕跑喔。」

「好過分！我不會做那種事啦，我沒那麼幼稚。」

看到花音鼓起臉頰的樣子，「不幼稚」這句話實在欠缺說服力，但是「不幼稚」的另外三人投以溫暖的眼神不予計較。

「市原由服部與桐原保護。」

「社團聯盟總長親自出馬？」

「服部在市原面前應該抬不起頭。」

摩利以壞心眼的笑容，回應達也語氣生硬的詢問。

「然後……問題在於該怎麼處理你的狀況。」

「沒那個必要。」

摩利維持壞心眼的笑容詢問，達也沒有絲毫猶豫就立刻回答。

「嗯，我想也是。」

摩利也點頭示意，沒要求他多考慮一下。

「你的護衛只能扮演肉盾的角色，反倒很有可能礙手礙腳。服部那邊由我去說。」

摩利的回應，使得達也至今才納悶一件事。

「話說回來，渡邊學姊為什麼要做這種事？」

將達也刻意沒說明的部分補足，就是他想知道為何不是由現任委員長花音，而是由交棒的前任委員長摩利費心和風紀委員會與社團聯盟做協調。

「沒有啦，沒為什麼……」

摩利支吾其詞，達也微微揚起眉頭示意。

達也「這是溺愛吧？」的訊息似乎確實傳達給摩利，使她尷尬地轉開了頭。

◇　◇　◇

第一高中福利社應有盡有的程度，大幅超越「高中生福利社」的平均水準。

九所魔法科高中都是這種狀況，為了讓學生輕鬆購得在普通商店難以入手的魔法實習相關教材，福利社基於需求被迫擴充規模。

即使如此，依然只是學校的福利社，某些物品實在無法在校內購得。遇到了這種狀況，就非得外出採買。

接下來也是九校共通的狀況。魔法科高中周圍會形成一條堪稱校外市集的商店街，校內福利社買不到的機材、耗材、書籍與雜貨，在這裡幾乎都買得到。之前也提過，第一高中前面的商店街品項尤其齊全。

論文競賽使用的３Ｄ投影記錄底片，福利社湊巧沒有庫存，因此達也與五十里前往站前文具店購買。明天就要提交論文原稿給校方，沒辦法等待福利社進貨。

「學長姊們其實用不著跟我來……」

即使已經走完過半路程，達也還是說出這句話。他內心確實對於勞煩學長姊感到過意不去，但是另一方面，不在乎旁人目光卿卿我我的花音令他敬而遠之，這份心情比較強烈。

俗話說「外國的月亮比較圓」，反過來說似乎也成立。或者該形容為旁觀者清。

卿卿我我的只有花音，五十里比較偏向於不知如何應付，這方面還算是一點救贖。

順帶一提，深雪留在學校。花音名義上是五十里的護衛，但深雪沒理由因為達也暫時外出就扔下學生會的工作。由於深雪知道花音同行，這時的她大概更是煩躁地在敲打終端裝置吧。

「不，只交給司波學弟還是不太好，而且我也想先確認樣品。」

個性基本上正經八百的五十里如此回答，這也在預測範圍之內。

達也事到如今不認為有辦法將兩人趕回去。剛才那句話算是一種牢騷，因此達也沒有繼續爭論，只有阻斷聽覺，避免聽到某個女中音的詭異竊笑。一旦決定無視就不會繼續在意，這方面是達也的優勢。

步調無論如何都快不起來，因此三人再花費五分鐘才抵達目標商店。

達也一個人迅速買完要買的東西，向五十里說聲「我在外面等」就走到店外。

總算獨自落得輕鬆的時候，達也察覺某個視線在觀察他。他並未感覺路上有人跟蹤。即使被高中生應有（？）的甜言蜜語煩心，他也沒有怠忽警戒四周。

不過，既然是如此淺顯易懂的視線，達也以外的人也能輕易察覺。

這間店位於學校通往車站的最短路徑，堪稱是站前的地段。只要在車站盯哨，要尋找正在返家的學生並非難事。對方恐怕是預先埋伏。從這股想藏卻藏不住的敵意來看，肯定不是抱持善意或和平的意圖。但和前幾天射穿達也胸膛的狙擊手相比，對方的能耐拙劣到無須認真警戒。

達也猶豫該怎麼做的時候，五十里與花音買完自己要用的東西後走了出來。

「久等了……怎麼回事？」

五十里一出來就立刻詢問，達也對他的敏銳感到佩服。

達也並未做出那麼淺顯易懂的表情。

證據就是花音露出「嗯？」的表情歪過腦袋。

五十里擅長延遲發動術式或條件發動術式這種設置型魔法，不過比起作用系魔法，他這種觀察力或許更適合知覺系魔法。

「沒事，好像有人監視，我正在思考……」

達也覺得沒必要隱瞞，老實回答五十里。

不過，他這句回應沒能說完。

「監視？有間諜？」

達也只講到「我正在思考」還沒繼續說「要如何處理」的時間點，花音就出言打斷。

而且很大聲。

這就像是故意吆喝非法之徒快逃。正如預料，偷看這裡的視線移開，氣息逐漸遠去。

不過，花音也不愧是摩利挑選的繼承人。

她只簡短詢問「哪裡？」就毫不猶豫地朝達也的目光方向跑去。

「花音，魔法要……」

「我知道！啟，相信我吧！」

正因為無法相信才會如此叮嚀，但是達也必須暫時代替花音，保護遲一步出發的五十里，因此他只能目送花音出聲遠去。

花音是同世代頂尖的魔法師，也是田徑社的飛毛腿。雖然腳程無法和非魔法師的頂尖運動員抗衡，但如果對方是普通高中生，即使是男生也不會輸到哪裡去。

翻裙疾馳的花音，立刻捕捉到一個正在逃跑的嬌小人影。

這名少女和她穿相同的制服。

花音對此感到意外，但她的宗旨是「凡事沒有想像的那麼難」、「動腦不如先動手」。沒有證據能證明這名少女是達也所說的監視者，但她沒有因而放慢腳步。花音認為就是這名少女沒錯，並且依循自己的直覺，繼續提升奔跑速度。

距離轉眼拉近，花音進逼到十公尺內的時候，逃走的少女轉頭看過來。

沒戴口罩或墨鏡，毫無遮掩。

花音凝視少女頭部，要將隱約窺見的側臉烙印在記憶裡。

少女並非刻意固定對方的視點，是拜偶然所賜。

不過和是否蓄意無關，花音的戒心出現破綻。

少女擺在身後的手，扔出了一顆小膠囊。直到少女再度看向前方，膠囊快掉到兩人中間時，花音才察覺異狀。

花音心想不妙。

她反射性地停下腳步閉上雙眼。

接著她想以雙手保護臉部，但很遺憾來不及了。

強烈的閃光從高舉的雙手縫隙射入，穿過眼皮依然刺痛眼底。

好奇旁觀兩人追逐的路人們，好幾人放聲慘叫。

花音閉著來不及保護的左眼，睜開免於受害的右眼。

少女跨上輕型機車試圖逃逸。

花音的右手移至左手臂。

手腕略下方的手鐲吸收想子粒子，依照迅速輸入的指令展開啟動式。

不過，在花音吸收啟動式之前，從她後方繞過身體而來的想子子彈破壞了啟動式。

「這是做什麼？」

「花音，不可以！」

幾乎同時。

轉頭的花音與跑過來的五十里，兩人喊出的話語在正中央重合。

達也在五十里身後架著手槍造型ＣＡＤ站立不動。

戀人這聲斥責，使得花音吃驚地維持轉身的姿勢不動，五十里此時跑到她的身旁。

邊跑邊操作ＣＡＤ的五十里，已經完成魔法式的構築。

他朝著已經駛離的機車，發動釋放系魔法「伸地迷宮」。

剛逃離的機車兩輪開始空轉。

再怎麼加速也沒有前進。

明明筆直延伸卻無法脫離，直線的迷宮。

這個魔法的祕密在於操作輪胎接地面與路面電子的分布，將庫侖力導引為正向排斥力，使得摩擦力近似於零。說穿了只是這種魔法，但所需的魔法式複雜到恐怖，是講究技術的術式。

複數釋放的陀螺力經由魔法增幅，使得少女騎乘的機車不會倒下，些許的初期加速也被庫侖斥力抵消，機車就這樣動彈不得。

她已經逃不掉了。

包括五十里、花音，甚至連達也都這麼認為。這是在所難免的想法、理所當然的判斷。按照常理，她不可能脫離這個狀態。

然而他們不知情。

這名少女在這種火爆任務，完全是外行人。

而陷入絕境的外行人，往往會採取超乎常理的行動。要說自暴自棄也沒錯，但這種行徑出乎意料地經常打破僵局。

少女以拇指按下左把手旁邊，以塑膠蓋保護的按鈕。

一般的輕型機車，沒有在這種地方設置按鈕。

說起來，這種附帶保護殼的按鈕，是緊急警鈴採用的規格，大多設定為僅此一次的使用。而且這顆按鈕確實符合「僅此一次」的原則，啟動某個「免洗」機關。

坐墊後方忽然發生爆炸。

座位後方的車殼飛散，二連裝火箭引擎開始噴出火焰。

輕型機車如同遭到彈射般突然往前衝。

車上的少女上半身向後仰，但依然緊握龍頭。

達也愕然地目送她的背影逐漸變小。

少女沒有放開龍頭，是因為她戴著具備這種功能的手套。達也認為，對方看來至少有考量到這種狀況。

不過，居然把液態燃料火箭藏在坐墊底下，簡直是瘋狂的行徑。

從燃燒時間推測車上燃油存量，萬一不慎摔車引爆，少女肯定會波及路人一起炸死。

火箭成功點燃，筆直前進沒有跌倒，就堪稱是個奇蹟。

一般來說，起步時的急遽加速，會導致抓不住龍頭而跌倒。

要是提升陀螺力的魔法偶然失效，而且前輪摩擦係數未趨近於零，恐怕就會如此。

如果不是以五十里的魔法，而是以花音的魔法阻止，肯定會摔車造成慘案。

「那孩子在想什麼啊……」

「應該說彼此運氣都很好吧……」

看來，兩名學長姊的想法和達也相同。

◇ ◇ ◇

少女扔下騎過來的改造機車，撲進幫手預先準備的廂型車大口喘氣。

她沒想到自己身後噴火是如此恐怖的事。

裙子、制服後方以及頭髮一同延燒的幻覺，在騎車途中反覆襲擊她。

廂型車駕駛不發一語。

沒有出言安撫。

這是當然。

因為他們不是同伴，只是幫手。

少女緊抱自己的肩膀。

她只能以這種方式忍受。

少女靜靜蜷縮在因為遮光玻璃而陰暗的廂型車座位。

隨著恐懼逐漸淡薄，後悔的念頭逐漸湧現，苛責她的心。
剛才是因為被追趕才基於反射動作逃走，不過冷靜想想，她完全沒必要逃走。
因為自己就只是看著那個男人。
內疚的感覺剝奪了冷靜的思緒。少女自覺到這一點，內心有所愧疚的事實，使她感到無從宣洩的憤怒。
少女自認不適合做這種事。
她是公認的文靜型女孩。她至今未曾認為需要改變這種個性。
因為她敬愛的姊姊也是如此。
學術型的姊姊是她的目標，但她並沒有姊姊那麼優秀，因此想發揮自己愛玩機械的興趣成為一名技師。
她自問，這樣的自己為何要和這種詭異人士共同行動？
她立刻得到答案。
答案來自她的心中。
因為，她無法原諒那個男人。
她對事成的報酬沒興趣。
只要能看到那個男人懊悔的表情就好。

少女忽然笑了。

因為她想到，從這一點來看，今天算是順利挫了他的銳氣。

剛才沒餘力看後照鏡，但那個男人肯定露出愕然表情，眼睜睜目送她逃之夭夭……

少女的笑聲陰沉自虐，隱含瘋狂的氣息。

少女越笑越失常。

然而，廂型車上沒有人阻止她。

這裡是東京池袋近郊，老舊大樓的其中一室。表面上是雜貨貿易商的辦公室，室內卻擺滿舊型螢幕，男性們各有所思盯著畫面看。

其中一個螢幕監視廂型車內部。一名中年男性看著畫面上狂笑的少女，板著臉低語。

「那個丫頭沒問題嗎？」

男性並非擔心少女的身心狀況，只是害怕少女出差錯，害得他們行蹤敗露。

「車上的人是由周大人安排，就算發生任何狀況，我們的身分應該都不會曝光。」

「不曉得能信任那個年輕仲介到何種程度……」

準備這個根據地的年輕人長相浮現在男性腦海，使他不悅地低語。

——即使不滿意，也唯有信任一途。

這是他毫不虛假的心境。

「那個聖遺物現在怎麼樣？」

男性可能是為了揮除沉鬱的心情，忽然改變話題。看著另一個螢幕的部下轉身起立。

「沒有被帶離FLT公司的跡象，但不確定目前在哪裡。」

「哼……Four Leaves是吧，可恨的名字。這間公司和那個四葉無關吧？」

「是的，這部分詳細調查過，沒有查出任何關連。何況這個國家的魔法相關企業，喜歡以象徵四葉或八葉的名稱作為公司名。」

「有夠混淆不清。」

男性抱持厭惡、憎恨與煩躁扔下這句話，但也隱約透露藏不住的畏懼。

「八葉」同時代表兩種魔法層面的意義，分別是現代魔法的四大系統八大種類，以及胎藏界曼荼羅的中台八葉院，故受到大家歡迎；「四葉」則是基於更加通俗的意義採用的名稱。十師族四葉的名號，在魔法界人士之間是一種禁忌。日本企業名稱要是包含了代表四葉的語句，無論是間諜集團或犯罪集團，都會擔心該企業和四葉有關而提高警覺，出手時多少有所遲疑。幸好四葉家對此沒有意見，所以許多企業基於「狐假虎威」的目的，採用具備「四葉」意義的名稱。

雖然是騙小孩的伎倆，卻無法否認有效。他們現在就因為提防四葉暗中作梗，花費多餘的時間與勞力。男性自覺這一點，臉上表情更加苦悶。

「……嚴密監視司波小百合。前幾天晚上她造訪某間住家，查出什麼線索了嗎？」

另一個部下回應男性的詢問。

「住在那裡的是她丈夫和前妻生下的兄妹。」

「是去討好繼子女？」

男性對部下的回覆露出「無聊」的表情，接著提出制式詢問。

「那兩人的身分是？」

「都是魔法大學附設第一高中的一年級學生。」

不過，這個回覆似乎令他感興趣。

「叫什麼名字？」

「哥哥是司波達也，妹妹是司波深雪。」

「司波達也？」

男性對這個似曾相識的名字感到納悶，監視廂型車的部下於此時開口。

「是此地協助者的報復對象。」

「原來如此，魔法大學附設高中嗎……這樣或許正好。」

竊笑的男性瞪向上方思索一兩秒後，下達新的命令。

「新增魔法大學附設第一高中為下手目標。若有必要，從其他地方分派人手也無妨。此外強化支援丫頭。讓她知道洩漏機密情報是最有效的報復手段。還有，也讓丫頭帶著武器。」

男性接連做出指示。

「呂上尉。」

「是。」

「你負責現場指揮。如果其他地方的狗到處亂聞就處理掉。」

他在最後對一名高大的年輕人下令，然後走出房間。

【4】

今天必須將論文、發表原稿與報告用資料提交給校方——雖說如此，鈴音、五十里與達也都沒有做到最後一秒的興趣，提交用的記錄媒體在昨天就完成了。

之所以在午休時間集合，是為了進行最後檢查。不是檢查內容，是在形式上逐一清點、確認主要提交的要項。三人分工確認之後依照遙的建議，由鈴音直接將成品交給廿樂。

「小野老師建議不要從網路交件的原因，和昨天那件事有關？」

五十里完成自己負責的部分時，如此輕聲詢問。

「或許吧。」

已經完成了自己的工作（也由於他是一年級，分配到的份量最少）的達也輕聲回應，以免干擾到鈴音。

「想偷窺學校內部網路，從校內入侵是最簡單的方法。」

「但也不簡單就是了。」

五十里聳聳肩，回應達也的指摘。

同一時間，伴隨著喀嘰一聲復古的敲鍵聲——是鈴音愛用的古典機械式鍵盤聲——鈴音整個人轉過身來說：

「那個人真的是本校學生？」

完成檢查工作的鈴音，一邊整理提交的資料，一邊加入對話。

「不，我只能說『大概是』。」

「制服這種東西，只要有心並不是弄不到。」

鈴音聽到達也與五十里的回應之後稍做思考。

「……五十里學弟與千代田學妹，應該都有權限閱覽學生名冊。」

五十里是學生會幹部，花音是風紀委員長，兩人都有閱覽學生名冊資料庫的權限。真正攸關個人隱私的深入資料當然禁止閱覽，但應該可以輕易檢視大頭照與全身照。

「畢竟只有花音看到對方的臉……而且只有短暫看到側臉，不足以拼湊出整體長相。就算說是女學生也有將近三百人……要是沒將搜索範圍縮小到某個程度，不可能查得出來。」

五十里並不是憑空推論可能性。花音今天早上實際嘗試過，並且舉雙手投降。

「何況對方也可以宣稱昨天只是因為我們在追才會逃走而已。即使查出是誰，頂多也只能納入監控，而且這種做法也不是毫無問題。」

鈴音與五十里都知道達也這番話的意思。

要是將沒有做任何壞事的學生（不過對方逃走時使用閃光彈，這一點並非不能視為問題）納入監控，他們這邊有可能反而會被當成跟蹤狂。

現階段的因應之道，只有被動地提高警覺。

◇◇◇

達也回到教室一看，艾莉卡坐在他的座位。

「啊，你今天真早。」

她率先察覺達也，立刻起身。

艾莉卡沒有厚臉皮地占著座位，不過卻在達也坐下之後立刻靠坐在他的桌角，很難說這樣是相互抵消。

「你們在聊什麼？」

不過今天正如艾莉卡所說，距離上課還有一些時間。

達也沒有立刻面對終端裝置，而是改為側坐詢問美月。

之所以選擇美月詢問，是因為她掛著莫名擔憂的表情。

「美月說她感覺到視線。」

不過，回應的人是艾莉卡。

「視線？」

達也再度詢問美月，她躊躇地點頭回應。

「從今天早上開始，我就莫名感覺到一股討厭的視線。是一種從暗處偷窺，伺機而動的詭異視線……」

「是跟蹤狂之類？」

「怎麼可能，不會有人跟蹤我。」

總之達也舉個最有可能的例子，但美月搖頭表示絕非如此。

「不是針對我，比較像是撒下一張大網等待的感覺……」

美月說得很含糊，大概是無法好好形容自己的想法而心急。

不過達也充分理解她的意思。

「也就是說，對方的目標不是某個學生，而是複數學生、老師或本校的某種事物？」

「嗯，是的……但也可能是我多心了。」

沒什麼自信的態度不只來自個性，也是因為沒有確切的證據，所以在所難免。

「不，我認為不是柴田同學多心。」

走過來的幹比古抱持著確信如此斷言，如同彌補美月缺乏的自信。

「今早開始，精靈在校內出現不自然的騷動，我想應該是某人派出了『式』。」

艾莉卡剛才坐在達也的座位，所以雷歐不像平常轉身而坐，而是面對前方，但他聽到幹比古這番話就整個轉過身來。

「你說的『式』，指的是式神或SB（Spiritual Being）？」

幹比古點頭回應雷歐的問題。

「對方使用的術式和我們的類型似乎不同，所以沒能順利逮到人，不過我肯定有某個術士在蒐集情報。」

「這種事不稀奇吧？」

艾莉卡的主張也有道理。

這裡是高中，卻有終端裝置能連結到魔法大學，校內收藏許多貴重文獻，許多優秀魔法師也聚集在這裡任教。企圖取得魔法技術的鼠輩，平常就把第一高中當成目標。

「一般只要被沿著外牆架設的防禦術式阻止一次，當天就不會再度找碴，不過今天的對手即使反覆被擊退依然不死心地進攻。外人探查學校的狀況確實不稀奇，但是至少從我入學至今，第一次看到如此執拗的對象。」

幹比古以委婉的語氣否定艾莉卡的反駁，也因此聽起來更加具備自信。

「……幹比古，你剛才說這個術式和你們不同？」

「嗯，沒錯。」

幹比古察覺達也的聲音隱含深刻的擔憂，以緊張神情肯定達也的詢問。

「意思是這個術式和神道系不同？還是和這個國家的古式魔法不同？」

達也進一步追究幹比古隨口說出這句話的含義，使得幹比古嚴肅地繃緊表情。

「……我覺得不是我國的術式。」

「咦，所以是別國的間諜？」

「應該是這樣吧？」

雷歐瞪大雙眼，艾莉卡簡單帶過，兩人的語氣成為對比，但內心想法似乎沒差太多。

「對方動作真大。」

「簡直為所欲為。警察在做什麼？」

達也的一句話，使得艾莉卡把矛頭指向警方。

她的聲音聽起來，與其說是對於公權力的怠慢感到忿恨，更像是對親人的懶散感到煩躁，使得達也與幹比古有種「咦？」的感覺。

◇ ◇ ◇

剛好在同一時間，神奈川縣警——正確來說是警察省派到神奈川縣警——的千葉警部，並沒有按照慣例打個很大的噴嚏。

「……警部，您怎麼忽然東張西望？」

稻垣警部補正在有人偷渡的橫濱港碼頭周圍區域打聽情報辦案，搭檔的長官做出這種舉動，使他投以質疑的眼神。

「沒事，我莫名感到一陣寒意……」

「不要緊嗎？請別在這麼忙的時候罹患假病啊。」

「慢著，居然說罹患假病，你啊……」

千葉的語氣也蘊含有責難氣息，但稻垣當作耳邊風看向他處。

「……看來稻垣兄需要注意一下階級禮數。」

稻垣對千葉這句話給了一個白眼。

他臉上明顯寫著「你沒資格這麼說」，但他說出口的是其他事情。

「不提這個，要繼續打聽嗎？在下認為繼續走也不會遇見目擊者。」

稻垣說得沒錯，即使連日打聽情報，也完全問不到關於偷渡客的證詞。

比起部下更像搭檔的稻垣如此指摘，使得千葉露出嘲諷的笑容。

「有人目擊，只是沒說出口。」

「警部，難道……」

長官難以捉摸的語氣，使得稻垣覺得可疑，眼睛瞇得銳利。

「喂喂喂，你這樣真嚇人。」

「可怕的是警部。您想做什麼？」

「別擔心，我不會進行非法搜查。俗話不是說『隔行如隔山，蛇道只有蛇知道』嗎？所以我想去拜訪蛇窩。」

稻垣聽到千葉的方針後，厭惡地蹙起眉頭。

「……暗中交易情報也是非法搜查。」

「這種程度在容許範圍吧？現在的情況已經沒辦法計較這種事了。」

「嗯……是沒錯。」

稻垣不太甘願地點了頭。千葉沒有給他時間反駁，坐進照規矩停在收費停車場的偵防車駕駛座。確認搭檔坐進副駕駛座之後，千葉開車前往多為外國人居住的高級住宅區。

◇◇◇

載著千葉警部與稻垣警部補的偵防車，來到橫濱山手丘中腰一間咖啡廳的停車場。稻垣面有難色地看向停車熄火的千葉。

「警部……我不會說偶爾休息是壞事，但我們不是要去『蛇窩』嗎？」

部下投以「早早就摸魚？」的責難眼神，千葉回以深感遺憾的表情。

「這裡就是『蛇窩』。」

「啊？」

長官說完就下車。稻垣連忙追過去，和以遙控器鎖門的千葉並肩，再度看向咖啡廳。

店面看起來非常平凡，給人沉穩的感覺。外觀設計成山上小屋的樣貌，窗戶加裝對開的百葉窗，但是現在完全開啟，毫無私密氣息。

「不過，以蛇形容店長有點失禮就是了。這裡的店長情報網很廣，卻沒有前科。」

「……也就是說，是我們抓不到把柄的大人物？」

「與其說是大人物，更應該說是行家。」

千葉警部微微聳肩，推開寫著「洛提柏特」的門。

現在是平日下午，午餐時間已過，但可能因為這間店位於熱門景點附近，客人還不少。

然而並不熱絡。

不曉得是因為店內氣氛還是店長個性，顧客們都是靜靜舉杯啜飲。客人的整體年齡層偏高。

以為觀光客很多似乎是錯的，或許這是一間常客很多、老饕喜愛的店。

千葉坐在吧檯邊緣數來第二個座位（稻垣則是坐在最邊緣），等店長轉頭過來之後，點了兩杯特調咖啡。

這裡的店長是工匠個性，表面上與私底下的營業態度都是一絲不苟，千葉也很清楚這點。在咖啡端上桌之前也不能和他說話。千葉警部趁著無所事事的等待時間，不經意地環視店內。

隔一張椅子的吧檯座位，放著一個喝到一半的咖啡杯。看店長沒有收拾杯子，客人應該是暫時離席。難得這麼美味的咖啡，放冷不是很可惜嗎……千葉基於這個管閒事的想法分神，不過在他看著沒喝完的杯子時，該座位的客人就回來了。看來真的只是暫時離席。

坐在吧檯座位的，是和千葉年紀相近的年輕女性。

千葉面向前方，只以側眼觀察女性的容貌。

乍看不會給人美女的印象，穿著也是平凡的上衣加裙子。

不過仔細一看，她不只是臉蛋標緻，身材也好。

千葉覺得她是刻意裝扮得比較樸素。

他觀察到這裡，就默默將視線移回正面。

各位別因而批判他窩囊。

千葉不能只因為她打扮得不顯眼就上前盤查，也覺得自己想做的行為完全是搭訕。

稻垣投過來的疑惑視線刺得他好痛。

店長如同充滿男人味的外表一樣沉默寡言，不發一語地準備杯子。

千葉專注地等待咖啡上桌。

忽然間，他微微聽到清脆的笑聲。

千葉只移動眼神一看，正如預料，那名女性看著下方，肩膀微微顫抖。

「……對不起，我暗中猜測您何時會搭話，您卻看著前方僵住不動。千葉家的大少爺，您不擅長應付女性嗎？」

千葉警部啞口無言，原因並非對方說出他的真實身分而驚訝。

他是千葉一門的長子，這不是什麼祕密。

不過，他沒有積極公開照片宣傳。

論長相，弟弟應該比他有名。

只看長相就認得出他是千葉壽和，除了罪犯與警界人士，只限於活在特定世界的人。

也就是活在實戰魔法領域的人。

「妳是……」

「千葉壽和警部，初次見面，我的名字是藤林響子。」

千葉這次真的是因為驚訝而啞口無言。

古式魔法名門藤林家的千金……同時也是日本魔法界長老九島烈孫女的她，在千葉面前露出毫無心機的笑容。

◇ ◇ ◇

達也他們八人久違地一起走出校門。

「達也同學，論文競賽準備好了嗎？」

雖說八人久違到齊，但穗香都在學生會和深雪一起回家，換句話說每天也都會和達也一起回家。這樣的她不知為何率先詢問這件事。

「算是差不多告一段落了，但還有一些瑣碎工作。例如預演、製作報告用的模型、調校示範用的術式。」

「聽起來好辛苦……這麼說來，記得美月的社團在幫忙製作模型？」

不是學生會幹部，也沒在社團聯盟服務，消息卻莫名靈通的艾莉卡，晃著今天綁成馬尾的頭髮看向美月。

「啊，嗯。不過是二年級學長在幫忙，我什麼都沒做……」

「模型完全交給五十里學長負責製作，自然會以二年級為中心吧。」

「這樣啊……那達也負責做什麼？」

達也幫美月打圓場之後，雷歐提出這個堪稱順其自然的詢問。

「我負責調校示範用的術式。」

「……一般來說應該相反。」

雫率先吐槽所有人都想到的這件事。

「是嗎？我覺得在製作物品方面，五十里學長比我高明很多。」

「嗯……的確，啟學長給人的印象，比起『魔法師』更像是『鍊金術師』呢。或許這樣算是量才錄用吧。」

達也歪著頭思索，艾莉卡則是苦笑著附和。

「鍊金術師？RPG？」

雫一副納悶的模樣。

「這樣譬喻的話，達也同學是什麼職業？」

接著，美月不經意地輕聲發問，引發熱烈的討論。

「當然是瘋狂科學家囉。」（艾莉卡）「那不是RPG喔。」（雫）「那麼……在遠離塵世的深山，傳授祕術的隱世賢者。」（艾莉卡）「雖說是賢者，卻是武鬥派。」（雷歐）「暗自企圖征服世界的邪惡魔法師？」（艾莉卡）「直說魔王不就好了？」（幹比古）「不不不，和主角一起打倒魔王之後，宣稱『其實本大爺才是幕後黑手喔～』擋在主角面前的最終頭目比較適合他。」（雷歐）「大家為什麼沒想到勇者大人的點子？」（穗香）「穗香，沒關係，我不是當正義使者的料。」（達也）「哥哥，力量就是正義。」（深雪）「唔哇，不愧是大魔王的妹妹！」（艾莉卡）

……就像這樣。

即使像這樣如同普通學生般熱絡地嬉鬧前進，達也還是沒有忘記警戒。走到通往常去的咖啡廳的巷口，達也轉過身來，並且避免看向悄悄跟蹤的氣息。

「要去坐一下嗎？」

達也打算繞路擺脫跟蹤而如此提議。

「贊成！」

「畢竟達也明天開始似乎又要忙了。」

「也好，去喝杯茶吧。」

艾莉卡、雷歐與幹比古回以稍微積極過度的贊成之意——他們三人應該也各有察覺狀況吧。

達也沒有提及他們不自然的態度，打開咖啡廳「艾尼布利榭」的門。

很遺憾，平常所坐的相連四人桌有其他客人先入座了，所以八人各自坐在吧檯與最靠近吧檯的四人桌座位。

坐在吧檯的依序是美月、深雪、達也、穗香。

四人桌靠吧檯這邊是艾莉卡與雫，對面是雷歐與幹比古。

……在外人眼中，達也肯定是讓數名美少女隨侍在側，享受齊人之福的傢伙。

「嗨，歡迎光臨。達也小弟還是一樣萬人迷。」

不對，不只外人，就連頗為清楚他們關係的店長，也會在吧檯另一邊說這種風涼話。

「店長只要剃掉鬍子，肯定也是萬人迷。」

達也刻意將「萬人迷」這個落伍說法（？）原封不動地拿來反擊。

「是啊……店長，您的鬍子是多餘的，看起來好老。」

美月以少根筋導致的（？）無情言語落井下石。

「居然說我老……美月小妹真不留情。」

店長撫摸著下巴那並非鬍渣，而是好好保養的灰色鬍子嘆息。

雖說是灰色，但這名店長沒有美月說的那麼老。反而很年輕，大概快三十歲左右。

灰色的頭髮與鬍鬚，是基於遺傳而天生的。店長有四分之一的北德血統（店名在德文是「微風」的意思，感覺店名親切的雷歐前來光顧，眾人因而變成常客）。

即使如此，店長只有體毛的顏色展現出異國民族的特徵。他的眼睛是黑色，長相是文雅的東方風格。有一張英俊的臉，卻似乎對自己的長相有點芥蒂的樣子。修剪整齊的鬍鬚，似乎是為了盡量讓自己看起來有男人味。

達也等人一致認為這樣的鬍鬚不適合店長，但是咖啡的味道足以彌補還有剩。八人理所當然般地都點咖啡。

「這樣啊……原來你要參加魔法論文競賽。」

店長以虹吸式咖啡壺燒水的時候，詢問眾人為何一段時間沒上門光顧，得知理由後誇張地感到佩服而點頭。

「才一年級就參加，真厲害。」

聽起來不完全是客套話。這也難怪，店長本身沒有魔法天分，但不愧是在魔法科高中通學路上開店的人，對魔法師的世界相當熟悉。在閒聊時提供達也都不知道的最新消息也不稀奇。

「今年是輪到在橫濱舉辦吧？我的老家也在橫濱喔。會場一樣是國際會議中心？那就在我老家附近呢。」

店長將壺裡咖啡倒入杯子時也繼續說著。

「請問是在橫濱的哪裡？」

美月起身代替服務生，將四人份的咖啡端上桌。她從店長手中接過托盤時如此詢問。

「山手丘中腰的咖啡廳，店名是『洛提柏特』。」

「原來店長老家也是開咖啡廳。」

「沒錯，要是有空的話就去坐坐吧。希望你們毫不保留地提供意見，評定老爸還是我的咖啡比較好喝。」

「店長真會做生意。」

接替美月拿托盤來還的雫輕聲吐槽，吧檯兩側響起笑聲。

達也的咖啡還剩三分之一時，艾莉卡拿起自己的杯子一飲而盡，將杯子無聲無息地放回咖啡盤後（反過來說，這種細節無法隱瞞她家世良好）輕輕起身。

「艾莉卡？」

「我去一下洗手間。」

她如此回應抬頭詢問的美月，以輕盈的腳步走向店內深處。

「喔……」

緊接著，輪到雷歐按著口袋起身。

「抱歉，我有電話。」

雷歐說完就走到店外。

「……幹比古，你在做什麼？」

達也從意外有教養的雷歐身上移回視線，發現幹比古的手邊打開著一本筆記本（應該說尺寸較小的素描簿）。

「啊，我想趁沒忘記之前，把一些事情記下來……」

幹比古如此說著，拿著筆的手沒停過。

「太明目張膽會被發現，適可而止啊。」

達也說著，同時瞇細雙眼，以銳利視線看向幹比古身後（不是手邊）之後，就這麼背對吧檯，若無其事地將杯子拿到嘴邊品嘗咖啡。

◇　◇　◇

「大叔，要不要和我快樂一下？」

即使是人少的小巷，但還沒天黑就聽到這種話，害男性手上的外帶飲料杯差點落地。

轉身一看，無須抱持任何猶豫或內疚就能形容為「美少女」的馬尾少女，在與男性所監視的咖啡廳後門相通的小巷入口，把雙手放在身後露出甜美的微笑。

不過男性認出她的長相之後，基於另一層意義感到焦慮。

「說這什麼話，妳要更加愛惜自己。」

「咦？我只是說『快樂一下』，大叔到底解釋成什麼意思？」

少女以純真笑容微微歪過腦袋，她肯定是男性的跟蹤對象的朋友。

「不可以捉弄大人。別亂跑，快回家吧。」

男性心裡冷汗止不住，卻賭上專業人員的面子，繼續飾演「因為孩子的惡作劇而壞了心情離開的大人」。

「天快黑了，待在這種人煙稀少的地方，可能會被過路魔襲擊。」

男性說完後就轉身背對少女。

但他沒辦法踏出下一步。

「……所謂的過路魔，就像是這種傢伙？」

男性轉身的前方有個精壯少年走出咖啡廳。他雙手戴著黑手套，以拳擊掌露出笑容。

「你不知道？所謂的過路魔，就是『過路』之『魔』法師。」

少女回應少年的愉快聲音暗藏危險氣息，察覺到這一點的男性再度回頭。

少女以備戰狀態握著伸縮警棍。

她隨意將握著警棍的手伸出去。

這一瞬間，少女釋放一股難以抵抗的壓力。

要是稍微鬆懈，或許會雙腿一軟癱坐在地……男性知道這種「壓力」的名稱。是鬥氣。

不是「殺氣」這種期望殺害對方的意志，是純粹只想戰鬥的意志波動。

「真恐怖……妳這女人只有這種時候了不起。」

男性後方傳來愉快的聲音。

背對著他的男性無法親眼確認，但身後的少年肯定笑到露出牙齒。

「救命！搶劫啊！」

判斷逃不掉的男性，不顧形象地放聲大喊。

他也有不錯的身手。

即使對方再怎麼高強，他也不認為自己會慘敗給十五、六歲的孩子。

但男性現在所執行的任務，屬於非得避免風險的類型。要是和他們敵對的話，在作戰層面將會相當不利。

「唔哇～好丟臉……」

「不對，這種迅速的決策力值得嘉許吧？」

男性採取的手段，使得少年與少女的氣勢都打了折扣。

但少女沒有放下警棍，少年則是挺著胸高舉拳頭。

——而且，完全沒人回應男性的求救聲。

「啊，忘記說了，求救也沒用喔。現在不會有人靠近這裡。」

「應該說沒辦法靠近才對。這個結界是以我們的『認知』為關鍵所組成，除非把我們打昏，否則不可能離開喔。」

少女這番話，使得男性察覺從剛才就沒有行人經過。

被迫察覺。

察覺他只剩一個選擇。

男性像是事到如今般地扔下飲料杯，挺直身體擺出架式。

他沒有脫掉薄外套，高高舉起手擺出保護頭部的架式——卻忽然將身體面向雷歐，左手彎成直角放在腹部。

「嗯~……這是所謂拳擊的殺手式風格？我還以為你至少會帶著武器。」

「笨蛋，就算沒拿出武器，也不代表沒帶武器啊！」

艾莉卡立刻提出這個建言（？），使得男性咂了個嘴。

沒有繼續展現焦慮的樣子。

沒有時間展現。

剛才發出丟臉慘叫的中年男性，化為精悍戰士衝向雷歐。

手臂如同具有彈力的鞭子，從低處揮拳攻擊雷歐。

如同子彈的拳擊，從臉部前方打向雷歐。

行雲流水而無窮無盡的連續攻擊，充分證明這名男性不是羊，是狼。

不過，雷歐與艾莉卡並未對此感到意外。

艾莉卡以修行得到的觀察力，雷歐以天生的直覺，看出這名男性的真面目是狼……不，是接受高度訓練的獵犬。

速度值得驚嘆。

威力也是。

最重要的是，他發揮超越人類體能的速度，卻毫無使用魔法的痕跡。

不到十秒就揮出幾十拳，雷歐沒有反擊的空檔，防禦的雙手左右搖晃。

拳頭終於穿過雷歐的防禦，打向他的臉。

響起「砰」一聲像是氣球破掉的聲音，雷歐向後彈飛。

男性連確認戰果的時間都捨不得花費似地，迅速轉身。

轉身時就已經運用旋轉的力道，朝艾莉卡射出暗器小刀。

響起「鏗」的清脆金屬聲。

艾莉卡以警棍打掉小刀。

警棍由內往外揮，使得正面防御出現缺口。

男性的左拳立刻揮向艾莉卡的臉。

警棍以超越男性拳頭的速度回擊，男性中途收拳避開這一棍。

他不只收回拳頭，整個身體也大幅向後跳，緊接著——

「呃啊！」

男性背部吃了一記肩撞反擊，用力趴撞在地面。

「……喔～好痛。這傢伙不是平凡人，觸感也不像是機械……是化學強化？」

從後方衝撞的雷歐，按著剛才被打的下顎，謹慎看著地面低語。

「……說出這種話的你也不平凡。剛才那一拳打得很紮實吧？」

艾莉卡如此回應。比起呻吟著試圖撐起身子的男性，她更加提防應是自己人的雷歐。

「因為我至少有四分之一是源自於研究所的魔法師，我不會堅稱自己的基因是百分之百純天然的東西。」

雷歐苦笑著回應艾莉卡銳利的視線，毫不留情地將手腳著地的男性往上踢。

「咕呃！」

「安分一點。我們不會取你性命，只是想問你跟蹤的原因。」

艾莉卡對這種不像正派的粗暴行徑感到無言，雷歐斜眼看著她，然後單腳離地。

這個動作的意圖很明顯。

「……等一下……知道了，我投降……我原本就不是……你們的敵人……如果因為這種事而被踩死……很不划算……」

「真敢說。如果不是我與這個傢伙，你的攻擊早就出人命了。」

「你也……一樣吧……」

男性邊說邊咳並且起身。

「要是不像我強化肉體，剛才那一腳早就踢裂內臟了。」

男性依然坐在地面，但說話變得流利，大概是痛楚終於減輕了。

「我認為你受過強化，才會做出那種事。」

雷歐的語氣毫無內疚之意。

「不提這個。既然你說不是敵人，麻煩簡短地說明吧。結界可不能老是架著。」

「好吧，我也不希望引人注目。」

男性像是認命般，嘆出長長的一口氣。

「那就請你先做個自我介紹好了。反正你知道我們的名字吧？」

「吉羅・馬歇爾。」

男性沒有以肯定或否定回覆雷歐，只說出不曉得是本名或假名的姓名。

「詳細的身分不能透露，但我並不屬於任何國家的政府機構。而且就如剛才所述，我並非是和你們敵對的人。」

「也就是非法特務吧。」

艾莉卡如此斷定，男性同樣沒有回以肯定或否定之意。

「……所以呢？就算我們問你的姓名與出處，你八成也不會說真話，至少說明你的目的與現在的狀況吧。」

「我的工作是監視，避免尖端魔法技術經過魔法科高中學生被東側竊取。若是可能造成軍事威脅的高階技術洩漏到東側，就要採取對應措施。」

雷歐以不耐煩的表情催促，自稱吉羅的男性以制式語氣如此告知。

「東側」是上上次大戰之後的用語，USNA的情報員與軍方人士至今也愛用。雷歐與艾莉卡都知道這件事。

不過，無法以這件事證明這名男性是USNA相關人員。他或許是刻意使用在地用語，讓對方誤判他的所屬組織。

「你的雇主至少和這個國家無關吧？為什麼要刻意花這種閒工夫？」

雷歐以「無法信任」的言外之意詢問，男性一副無可奈何的樣子搖頭。

「還以為這個國家的和平痴呆症治好了，對青少年要求到這種程度還是太過分嗎……世界的軍事平衡並非單一國家的問題。這個國家的實用技術傳到東側，可能有損於西側的優勢。至今著重於改良魔法式本身的新蘇聯，以及比起開發現代魔法，更致力於恢復前世代魔法的大亞聯盟，如今都急遽傾向於將利用電子工學的魔法工學技術運用在軍事上。不只是這個國家，USNA與西歐各國，覬覦魔法工學技術的間諜都急速增加。你們學校也成為東側的目標。」

「居然說和平痴呆症，這是幾十年前的話題啊？我好歹知道偷窺狂四處出沒，而且也沒有粗心大意。像現在我就察覺到你在跟蹤吧？」

可能是對男性高高在上的態度不滿，艾莉卡口出惡言，但她沒有反駁男性的這番話。

「我不是間諜，立場是要阻止間諜。我不是你們的敵人，也沒有利害關係的對立。」

男性從路面起身，以誇張動作拍打身上的灰塵。

他簡直像是做作——實際上或許有三成是做作——仔細拍掉褲腳灰塵再度起身時，他手中握著一把能夠藏在手心的槍，槍口穩穩瞄準艾莉卡。

「！」

「臭小子！」

「剛才沒使用這個，就證明我不是敵人。」

「……只是因為開槍會留下各種線索，用了不太妙吧？」

艾莉卡這番討人厭的話語，令男性咧嘴一笑。

「這也是原因之一。好啦，我想該說的話都說完了吧？我差不多想告辭了，可以請你們叫同伴解開結界嗎？」

即使語氣與態度輕浮，架式卻毫無破綻。艾莉卡與雷歐都沒有不知死活地在此犯險。

CAD的進步，使得現代魔法得到足以和槍械抗衡的速度。但即使如此也不代表「比槍快」，甚至稱不上「和槍差不多快」。相較於只要扣下扳機就能發射子彈傷人的槍，現代魔法需要經過讀取啟動式與構築魔法式的程序。魔法只是因為比子彈自由度高、威力較強，可以構築力場防禦子彈，才能抵消某種程度的速度差距。如果是一顆子彈就能奪命或癱瘓戰力的狀況，「某種程度的速度差距」將成為分出勝負的決定性因素。現在正是處於這種狀況。

艾莉卡與雷歐還沒回應，幹比古架設的結界就解除了。他有使用法術觀看狀況吧。

「——那我就此告辭。啊，對了，最後容我提出一個建言。轉達同伴注意周遭狀況吧。別因為身在學校就放心。」

男性說完，從外套內側取出一個小罐子。

他按下罐蓋上的按鈕，扔到三人所形成的三角形的正中央。

艾莉卡與雷歐同時向後跳。

白色濃煙隨著小小的爆炸聲瞬間擴散。

閉眼摀嘴的兩人判斷煙霧沒毒而睜開眼睛時，自稱吉羅．馬歐爾的男性已不見蹤影。

◇◇◇

千葉警部與藤林正在橫濱山手的「洛提柏特」閒聊。藤林不知道是欣賞千葉哪裡，毫不間斷地主動搭話，使得千葉甚至還沒向店長說明「原本的來意」。藤林口才很好，千葉和她相談甚歡。所以就某方面來說，千葉不在乎搜查工作受到妨礙。不過和他搭檔的稻垣想法不太一樣。

就在千葉即將連他來到這間店的原本用意都忘記時，藤林手邊響起輕快的簡訊聲。音量不至於妨礙其他客人，但是坐在旁邊的千葉聽得到。

藤林從手提包取出行動終端裝置，簡單地瀏覽了一下訊息。之後立刻將終端裝置收回包包，朝千葉嫣然一笑。當她露出這樣的表情，樸素的妝扮就藏不住她原本標緻的臉蛋。

千葉即使是這種歲數，依然心跳加速。

「不好意思，警部先生，請容我暫時離席。」

藤林沒有投以別有用意的眼神，也沒有做出暗藏玄機的動作，但千葉毫無理由地認為藤林要處理和「工作」有關的事。

「——好的，請隨意。」

藤林起身向千葉致意，將貨幣卡交給店長，走向停車場的電動車。

坐進駕駛座的藤林伸出手，將控制臺切換為情報終端模式。

採用腕墊型控制器的手動駕駛車沒有方向盤。控制器兼具油門、煞車、打檔與方向盤功能，所以這是理所當然。採用腕墊型控制器的目的，是讓駕駛以更加直覺的方式開車。阻擋視線的方向盤撤除之後，駕駛座前方的儀表板可以全部當成控制臺（兼具控制車輛與儀表板用途的多功能螢幕）。只要改裝得宜，可以把匹敵家用終端裝置的功能與方便性帶到車上。

而且藤林的這輛愛車，滿載更高一階……應該說，高出了好幾階的情報終端功能。這輛小車甚至具備戰鬥指揮車等級的演算能力。通訊裝置也配合改裝為高敏銳度與高功率的機種。如果加上藤林的魔法技能，能夠發揮的資訊戰能力，要形容為「電子戰車」也不誇張。藤林現在就是要釋放這份戰力。

「達也的朋友們也令人傷腦筋呢。」

這不是下意識的自言自語，是為了以魔法瞄準目標刻意說出的細語。以她和達也的「緣分」為路標，將情報體次元的情報網和電子情報網重合。

「吉田幹比古，吉田家的前神童嗎……看來他已經褪去稚童的外皮，但希望他能多注意自己身在市區。」

名字是實體的象徵，說出名字也是鎖定實體。以自己親近，也就是精神距離較近的人物名字為基點，將專有名詞及其行動、狀態化為言語，就能逐漸對焦瞄準魔法的施展對象。

「即使是古式魔法，也會在監視系統留下紀錄。」

相較於現代魔法，古式魔法——尤其是精靈魔法或名為ＳＢ魔法的這種魔法，據稱難以被市區監視器附屬的監視系統發現。但是並非難以捕捉魔法本身，只是難以辨認魔法使用者，使用魔法的紀錄依然確實殘留。藤林接到的緊急任務，就是要篡改這項紀錄。

湮滅非法使用魔法的證據，並不是藤林的職責，但她也明白上級不希望達也身邊吸引多餘目光。要是相關人員增加過多，最重要的獵物可能會提高警覺而不再靠近。換句話說，風間他們正在把達也當成誘餌——

（——你不會計較這種小事吧？）

「電子魔女」只在內心輕聲說出這句話，就發動她擁有的罕見技能。

◇　◇　◇

某國的非法特務吉羅．馬歇爾發揮強化過的腳力，奔跑約一個車站的距離時停下腳步。冒著引人注目的風險，以匹敵賽馬的速度逃跑的雙腳之所以停步，並非因為判斷自己安全了。

甚至相反。

他以普通人再怎麼鍛鍊也無法達到的速度奔跑，身後卻有個物體緊追不捨。他還沒確認這個「物體」的樣子，但吉羅·馬歇爾肯定追他的「物體」是人。

對方不是剛才的少年少女，這部分無須再度確認。他沒有蠢到被曾經正面對峙的人跟蹤還察覺不到。追他的人無論是魔法師還是強化人類，無疑都是他的敵人。馬歇爾是單獨行動的特務，這次的工作也沒有組隊進行。如果上級派遣預定之外的後援，理應會最優先通知以免自相殘殺。但是他接下本次任務至今，完全沒收到這種連絡。

（——在哪裡？）

馬歇爾微微低頭，將注意力集中在聽覺。所謂的「氣息」可以從聲音的立體性質得到大部分的解釋，馬歇爾從經驗知道這一點。跟蹤他……更正，追蹤他至今的對方不可能現身，應是躲在看不到的地方窺視這裡。這是他的判斷。

然而，他的預測落空了。

吉羅·馬歇爾忽然感覺到一股毛骨悚然的「氣息」而抬頭。

一名青年「無聲無息地」站在他的前方。

馬歇爾後來才認知到，來自正面的聲音遭到阻絕了。五感以外的某種感官，對馬歇爾的身體發出了警訊。

對方是一名體格魁梧結實的東方人。他身穿灰色運動褲與同色外套，底下是黑色運動衣，衣著平凡，長相也沒有特別英俊或醜陋。外表看起來平凡無奇，肯定是人類——然而馬歇爾卻誤以為自己和一隻捕食人類的猛獸對峙。

馬歇爾對青年的長相有印象。

「The man-eating tiger——食人虎。」

並不是曾經見面，他是第一次看到本人。

「呂剛虎……」

下意識地輕聲說出的姓名，是上級在本次作戰所發布的「警戒人物名冊」的頭號人物。近戰殺人實力號稱在大亞聯盟首屈一指，大亞聯軍特殊作戰部隊的王牌——

馬歇爾意識到這一點時，右手已經舉槍瞄準呂剛虎。累積無數次反覆訓練的身體，比他想像中更早選擇正確的行動。

但是，馬歇爾的手指沒能扣下手槍扳機。

馬歇爾還沒朝扳機使力，呂剛虎的手指就插入他的手腕。

手腕內側被拇指貫穿，使得馬歇爾的槍從手中脫落。

馬歇爾愕然看著這幅光景。

手腕到底何時被貫穿的？慢著，更重要的是，他幾時進逼到這麼近的距離？

馬歇爾完全看不到呂剛虎的動作。

被驚訝覆寫的痛楚傳入馬歇爾的意識之前……

馬歇爾的內心就被粉刷為永恆的黑暗了。

呂剛虎抽出插入馬歇爾喉頭的右手。

手指染上鮮血，但出血程度少得令人驚訝。

呂剛虎以沒被血弄髒的左手，從懷裡取出一張摺疊的紙，仔細擦掉右手的血。

他將吸收了馬歇爾鮮血的紙，就這麼扔到屍體上。落下時張開成手帕大小的紙，緊貼在馬歇爾的屍體上頭。

沾血的紙冒出比鮮血還紅的火焰。紙張中央點燃的火成為一個圈圈，在紙張上擴散。圈圈的內部什麼都沒有。既沒有紙張燒剩的渣滓，也沒有紙張所覆蓋的死者衣物，更沒有屍體的骨與肉。

燒盡紙張的火焰，繼續在屍體上擴散。

火圈逐漸「將屍體啃食殆盡」。

火焰熄滅、屍體消失之後，目睹這一切的呂剛虎轉過身去。

周圍杳無人煙，沒有聲音或腳步聲，完全沒有他人存在的證明。

見證這一幕的，只有悉數損毀的道路監視器。

[5]

在眾人會合的學校餐廳，艾莉卡面有難色，深雪見狀略感意外。

「艾莉卡，妳依然在意昨天的事？」

疑似USNA情報局非法特務的男性，在最後的最後略勝一籌。艾莉卡昨天直到在車站道別都很不甘心。她沒說出口，但是看態度就一清二楚。平常總是以惡作劇笑容掩飾真心的她難得如此率直，這種狀況持續到第二天更是罕見。

對於深雪的詢問，艾莉卡的回應是肯定與否定各半。

「我並不是在意被他順利脫逃這件事。」

使用「順利」這種形容方式，就能清楚看見她沒有坦誠的真心話，但確實不只如此。

「我是在意那個傢伙說的話……他說別因為身在學校就放心，難道有學生……」

沒有深入四月那場事件的幹比古與穗香，似乎顯得不明就裡，但達也與深雪立刻想到艾莉卡在掛念什麼事。

當時，紗耶香被戴著恐怖分子假面具的國外特務給利用了。

紗耶香至今依然沒有完全放下這件事。

「我也不想再遇到那種回想起來不是滋味的事。」

知道並理解這件事的達也，或許是考量到艾莉卡的心情，說出這句違心的感想。

「可是對方還沒做任何事，就算查到是誰也不能逮捕吧？」

「話是這麼說沒錯……」

艾莉卡有些彆扭的語氣，應該是表示她還不能打從心裡由衷接受，但達也覺得至少說服她放棄當偵探了。

話說回來，艾莉卡應該沒有「爛好人」的屬性，但是只要牽扯到熟識的朋友，即使沒有直接的關連性，似乎也是「另當別論」。

「可是啊，單方面被動這樣很不利吧？如果對方直接上門來找碴還能解決，但要是闖空門或偷窺就……」

「而且也不能老是在意這種事……」

雷歐與幹比古接連出言表明擔心，達也笑著搖頭回應。

「並不是把資料放在終端裝置帶著走，所以不會發生物理性的失竊案件。何況在校內擔心偷竊或搶劫很奇怪吧？總之，不能說完全沒有偷拍這種手法，不過這種事不限於這次的論文競賽。如果想在校內偷資料，最簡便的方式是進入保全程度低的資料夾翻找檔案，但我自認沒有痴呆到這種程度。各位是被可疑人物的詭異情報擾亂了吧？」

「這樣啊……不過昨天那個人，應該和派遣『式』來調查的傢伙不同人。那邊也必須提防，最好不要粗心大意。」

「我知道。」

幹比古反駁達也的說明，但姑且認同這番話。

不過就達也看來，艾莉卡與雷歐像是還有意見，只是因為無法反駁而暫時保持沉默。

◇◇◇

九校戰代表隊共五十二人，相較之下，論文競賽團隊是三人，規模差距大到從一開始就沒有比較的意義——即使如此，論文競賽還是被視為匹敵九校戰的重要賽事。

其中一個原因，在於這場活動實質上是九所魔法科高中一較高下。九校戰成績欠佳的學校，強烈認定這是一場雪恥戰。

此外還有另一個原因。論文競賽不只是獲選的三名代表，許多學生也會直接參與。

不以魔法科高中為對象的辯論大賽或研究發表會，和「全國高中生魔法學論文競賽」的最大差異，在於後者上臺報告時包含現場示範。

換句話說，發表論文的過程包含製作魔法裝置並在臺上展示魔法。發表用的模型若只是空殼將得不到分數。非得實際運作或是能模擬實際動作——這就是魔法科高中的論文競賽。

包括示範用魔法裝置的設計、術式輔助系統的製作、控制軟體的編寫、搭載機體的打造，若需要標靶也得製作，還有測試人員、輔助人員、確保安全的護盾架設人員……競賽將近的時期，技術系與美術系社團自不用說，純理論系社團以及實技成績優秀的學生，都是全體總動員以求正式發表時成功。

參與報告準備的人數，甚至比九校戰多。

下下週的週日即將正式上臺，學校不只是放學後，連本來要上課的時段也巧立「自主實作」或是「自主演習」的名目，使校內充滿鏗鏘（工程機械聲）筐咚（使用魔法的噪音）的喧囂聲。操場擺滿試作機、測量儀器與工程機械，有心的女生們為了忙於工作的學生，組織發送飲料與點心的慰問團，完全是傾全力作戰。機器人研究社擁有的人型家事輔助機械3H（Humanoid Home Helper）甚至也用來支援慰問團。

「啊，找到了！」

艾莉卡要找的人，就在喧囂的中心。

「喂～達也同學～」

艾莉卡揮手放聲大喊，旁邊的雷歐整個身體轉往無關的方向。幹比古在艾莉卡後方保持兩公尺的頗遠距離，而且同樣看著其他地方。看來兩人都全力佯裝不認識她。

「艾莉卡，不可以打擾他們啦……」

無法像雷歐那麼厚臉皮的美月，即使知道勸說也沒有效果，依然不得不拉住好友的衣袖——

正如預料，這個舉動毫無效果。

艾莉卡悠然地走過來，停下手邊工作等待的達也，只露出「拿妳沒辦法」的苦笑，不過當然也有人因為實驗被打斷而愁眉苦臉。

「千葉……妳最好稍微察言觀色一下。」

以護衛身分在場的桐原，也是愁眉苦臉的其中一人。

「咦，香香也來參觀？」

不過艾莉卡回應……應該說搭話的對象，是站在桐原身旁的紗耶香。

「妳啊……」

「小莉……」

桐原全身無力，紗耶香露出苦笑。總之光是桐原沒有發火，就代表他人品修煉有成。

「艾莉卡看起來不像是來參觀，有什麼事嗎？」

不過，桐原以外的高年級生似乎快忍無可忍，達也見狀搶先詢問。

「美月被叫來幫忙，所以我陪她來。」

艾莉卡看似任性卻不遲鈍，察覺達也語氣是在叮嚀，就沒多說廢話，簡單述說來意。

達也聽完心想「原來如此」轉頭一看，美月正在美術社學長面前頻頻鞠躬道歉。

「艾莉卡，跟我來。」

要說趁機也很奇怪，總之深雪從旁邊拉著艾莉卡進入參觀的人群。紗耶香也離開桐原前往艾莉卡身邊。被迫暫時中斷的魔法裝置運作實驗，在五十里一聲令下後再度開始。

「咦，這是什麼實驗？看起來好像超大的燈泡。」

以臺座與四隻腳支撐，直徑約一百二十公分的透明球體，乍看確實像巨大燈泡。不過在這個時代，「燈泡」這種東西幾乎已經在普通的家庭中絕跡了。因此聽到艾莉卡這句感想的美月不明就裡地歪過腦袋。

「是報告時使用的常溫電漿產生裝置。」

深雪知道「燈泡」，卻完全無視於玩笑話的部分，直接回應艾莉卡。

「常溫？主題是熱核融合吧？」

和雷歐同樣堅持裝作素昧平生的幹比古，聽到這句意外的話語，不禁忘記正在假扮外人，如此詢問深雪（此外，幹比古對深雪說話時，依然改不掉恭敬的語氣）。

艾莉卡似乎是在試著搜尋腦中的理科知識，慢半拍後在頭上冒出問號。

「熱核融合是核能反應的一種類型，似乎不是一定要以超高溫進行。」

「……」

「……吉田同學，對不起，我也不清楚細節，晚點再問哥哥比較好。」

幹比古露出了聽不懂的表情，深雪見狀如此補充，於是幹比古一副「不敢當」的樣子用力地搖頭回應。

和紗耶香講悄悄話的艾莉卡，不時朝幹比古投以另有含意的目光，但她看到深雪投以甜美的笑容（眼神沒笑）就連忙閉嘴。

雷歐從一開始就以充滿好奇的閃亮眼神，默默地注視實驗裝置。

在意圖之外的肅靜氣氛中，五十里以眼神向鈴音示意。

鈴音將想子注入達也所監視的固定式大型ＣＡＤ。

術式輔助功能啟動，速度遠勝過於隨身攜帶的小型ＣＡＤ，以許多工序交疊組成的複雜魔法式就此發動了。

將高壓氫氣電漿化，分離的電子衝撞發光玻璃而釋放光芒，這是賦予高電壓就能輕易引發的現象。但要在沒供給能量的狀況分離電子，還要違抗電流引力，只把電子移動到外側，這種操作需要持續的事象改變力，是高難度術式。

「果然是燈泡？」

艾莉卡輕聲說出的失禮感想，幸好被各處「成功了！」「突破第一階段！」的實驗成功歡呼聲蓋過。看向他人，除了認定理所當然會成功而靜靜微笑的深雪，雷歐在胸前緊握拳頭，幹比古雙手抱胸頻頻點頭，紗耶香則是跳起來拍手。

玻璃容器的發光時間持續十秒。

光芒熄滅時，興奮的情緒也退潮。

這只不過是完成了一個大型道具，非得組裝的物品還很多。前來協助實驗的人們各自回到崗位，此時艾莉卡發現紗耶香注視著某個角落。

「香香，怎麼了？」

「那個女生……」

然而紗耶香說出口的不是回應，是自言自語。

「呃，怎麼了？」

「喂，壬生？」

紗耶香忽然跑走，艾莉卡與桐原追著她起跑。

雷歐也晚一步跟上。

瞪大眼睛目送眾人離去的深雪，發現紗耶香在追一個綁辮子的女學生。

◇　◇　◇

「站住！」

喝止聲就在身後不遠處傳來，這名女學生大概是覺得跑不過對方而認命了，於是停在鋪設草皮的中庭。

「有什麼事？」

她轉身以冷漠的聲音回問，某方面聽起來很傲慢。

「妳是一年級吧？」

第一高中的制服沒有學年差異。紗耶香這句詢問，是依照長相與體型的推測。

「……是的。學姊是二年級的壬生學姊吧？」

「對，我是二年E班壬生紗耶香，和妳一樣是二科生。」

制服只有一個差異，就是徽章的有無。用來顯示一科生與二科生的差異。

「……我是一年G班平河千秋。」

學姊言外之意是要求自我介紹，女學生不甘願地說出了姓名。

後方傳來停步的聲音。

艾莉卡他們追過來了。

大概有聽到女學生剛才的自我介紹吧。

身後傳來桐原「平河？」的細語。

紗耶香對這個姓氏沒印象，但桐原似乎聽過。

不過，紗耶香並不是因為姓名而追這個一年級女生，即使沒聽過姓名也完全無妨。紗耶香沒有餘力在意這種事。

「平河學妹，妳手上的演算裝置……是無線型的密碼破解機吧？」

紗耶香的指摘，使得平河千秋臉色鐵青，連忙將手上的行動終端裝置藏在身後。

「藏起來我也知道，因為我用過相同機種。」

紗耶香這句話令千秋瞪大雙眼。

「密碼破解機」是將竊取密碼的惡意程式設計為硬體的機械，和名稱不符，不只適用於密碼認證系統，還能自動癱瘓各種認證系統竊取情報檔案。除了犯罪沒有其他用途。換句話說，既然紗耶香用過這種機械……

「……對，我也當過間諜的手下。」

紗耶香難過地拉下表情，但還是注視千秋繼續說下去。

「所以我要給妳忠告，立刻和他們斷絕往來。打交道的時間越久，今後會更痛苦。」

「……我再怎麼痛苦都和學姊無關。」

千秋朝紗耶香別過臉，以冷漠的語氣放話。

無從勸說的拒絕。

但紗耶香無法因而退縮。

「我怎麼能放任不管！」

紗耶香以堅定的語氣與更堅定的眼神，怒斥翻臉的千秋。

「即使是經過半年的現在，我依然時常止不住顫抖。也曾經在自己沒發現時咬破嘴唇，指甲插入手心。」

如此述說的紗耶香，身體真的在顫抖。

「我不知道妳和哪種傢伙打交道，但我只有一件事敢斷言。對方連一丁點都不會顧慮妳的下場。妳只會在被利用到沒有價值之後遭到拋棄。」

紗耶香這番話蘊藏實感。不是空口說白話的道德，具備真實性。

然而，蟄伏於千秋內心的憎恨，比紗耶香想像的更加根深柢固。

「這種事情我知道！」

自暴自棄的聲音與憎恨回瞪的視線，使得紗耶香倒抽一口氣。

「黑幫或恐怖分子利用別人時，當然不會考量對方的下場吧？學姊連這種事都不知道就和他們聯手嗎？我知道這麼說很失禮，但學姊真幼稚。」

揶揄的冰冷語氣，使得紗耶香理解到這個一年級女生和她不同。

紗耶香擁有某個想達成的目標，卻不知道為此該怎麼做，才被人乘虛而入。

自己確實幼稚到無可救藥，紗耶香無法否認這一點。

但是，紗耶香不認為這個一年級女生比她成熟。

不惜和罪犯聯手也要實現某個願望，那麼實現後要怎麼做？就這麼若無其事回到高中生的日常生活，還是繼續成為犯罪組織的黨羽？紗耶香覺得這個一年級女生並未正視自己的未來。

在紗耶香眼中，現在的她只是頑固拒絕他人的勸告。

「自暴自棄不會得到任何東西，也不會留下任何東西啊！」

即使如此，紗耶香依然不得不這麼說。她以親身經驗確信，有時候即使硬來，也非得有人阻止某些事情。

「學姊不懂。我並不是想要什麼東西才和那些傢伙聯手。」

可惜回應紗耶香的，理所當然又是強硬的拒絕。

紗耶香隱約明白對方不可能接受說服，自己當初也是如此。

之後再說服就好。要是這時候讓她跑掉，她將會再也無法回到「這一邊」。紗耶香想到這裡就下定決心，即使手段稍微粗魯也在所難免。

「桐原。」

「嗯。」

桐原立刻理解紗耶香的意圖。

可惜兩人都沒帶武器過來，但是沒有不安的感覺。

這名一年級女生沒有武術或格鬥術造詣，兩人的眼力足以看透這一點。

只要兩人合力，應該能輕易制服她。

客觀來看，紗耶香與桐原的這個判斷沒錯——前提是對方沒有武器。

利用千秋的人，比黑幫或恐怖分子惡質許多。

紗耶香與桐原同時踏出腳步的瞬間，千秋同步扔出一顆小膠囊。

「趴下！」

率先察覺的艾莉卡放聲大喊。

兩人反射性地舉手遮眼。

強烈的閃光從手臂縫隙穿過眼瞼燒灼眼底。

若有人能在這種強光當中維持視力，就會發現千秋眼皮塗成黑色。偽裝成煙燻妝與眼影的遮光塗料，幫她擋下閃光彈的傷害。

千秋右手舉向紗耶香，上了彈簧的飛鏢從袖口射出。

蹲下來摀眼成功阻絕閃光的艾莉卡，不知道從哪裡折來一根樹枝，在起身時順勢打下細長紡錘型的飛鏢。

破裂飛散的飛鏢，冒出淡紫色的煙。

艾莉卡連忙放開樹枝撞開紗耶香，以制服袖子摀住自己的嘴。

還沒從閃光彈的傷害中完全恢復的桐原，吸入擴散後幾乎完全變得透明的煙，隨即晃動著身體軟腿跪下。

（是神經毒氣？）

停止呼吸的艾莉卡在心中咂嘴。

對方準備周到的程度超乎預料。

校內禁止攜帶ＣＡＤ，無法盡情施展自我加速魔法。

即使人數占優勢，有無武器所造成的差距卻更大。現狀不曉得對方暗藏何種武器，所以更不能輕舉妄動——

——不過，這裡有個不受這種原則束縛的人。剛才趴在草地上（這是完全執行艾莉卡那聲警告的成果）的雷歐，猛然衝向千秋。

這股魄力使得千秋失聲尖叫。

她慌張朝雷歐舉起右手。

不曉得是因為飛鏢屬於連發式，還是藏有其他暗器。

無法在這時候確認這件事。

因為雷歐忽然從千秋的視界消失。

千秋愣在原地，下一瞬間腰部遭受強烈撞擊。她無計可施地被推倒，撞到後腦杓昏迷。

「……太過火了嗎？」

成功朝千秋施展正面雙手擒抱的雷歐，撐起身體轉頭詢問。

「是啊……不提這個，快給我站起來。不然你看起來完全是企圖性侵。」

「笨蛋……！不是那樣啦！」

「是是是，我知道。」

艾莉卡無奈地俯視著，但是眼神很認真。

她注視的不是倒地的千秋，是起身的雷歐。

這對眼神，就像是職業賭徒打量即將上場的賽馬擁有何種實力一樣。

◇　◇　◇

聽到騷動的消息（以風紀委員長身分）趕到保健室的花音，看著床上昏迷的一年級女生，以及正在接受保健醫生治療的二年級情侶，然後嘆了口氣。

「你們做得太過火了……」

花音聽紗耶香述說事情經緯之後再度嘆息。

花音平常就處於失控特快車模式，桐原與紗耶香都不願意被她說「做得太過火」這種話，但是對方處於頭部受到撞擊而昏迷的不樂觀狀態，所以也無從反駁。

「所以她到底做了什麼？依照剛才的敘述，她應該只是攜帶非法電子機器入校，沒有實際做出違法或違反校規的行為。」

這也是無從反駁的指摘。

生性正經八百的紗耶香，以及口才不算好的桐原無從反駁。

但目前在場的，並非都是會因為這種程度就畏縮的人。

「我覺得光是攜帶非法的駭客工具，就足以構成逮捕條件了。」

艾莉卡以挑釁語氣如此宣稱，花音以犀利目光瞪向她。

「……我說過，問題在於做得太過火了。罪與罰必須取得平衡。」

「哪有～我們抓她不是要懲罰，只是想保護這個被骯髒大人利用的學友。」

「妳害得保護對象昏迷了。她撞到頭了耶。」

「她甚至拿出暗藏的武器抵抗，這也沒辦法。就算救人，自己也沒道理非得受傷。」

花音與艾莉卡互瞪。

一觸即發的氣氛令紗耶香感到焦急，不過基於立場應該率先安撫兩人的保健醫生，甚至沒有任何出面仲裁的動作，所以她找不到介入兩人的時機。

「那麼，千代田委員長，之後的事情拜託您了。」

介入兩人的，是站在牆邊的雷歐。

「走吧。」

「等等，怎麼忽然要走？」

雷歐以頭部動作催促離開，艾莉卡將矛頭移向他質詢。

不過，這次沒有變成互瞪場面。

雷歐只在一瞬間露出不耐煩的表情，轉身背對艾莉卡。

「接下來是風紀委員會的工作吧？我不知道妳的想法，但我只要達也、美月與幹比古他們不會受到波及就好。」

「等一下！」

雷歐背對著艾莉卡，扔下這番話就離開。艾莉卡也追著他走出保健室。

吵鬧的一年級（而且至少有一個人是討人厭的一年級）學生聲音消失之後，花音稍微恢復了一點冷靜。

她再度審視床上的一年級女生。這張側臉刺激花音的記憶，但當事人處於昏迷狀態下無從確認。於是花音將視線移向保健醫生。

「所以醫生，老實說，她狀況如何？」

保健醫生安宿怜美以文雅的笑容回應花音。

「不用擔心，大腦與骨骼沒發現異常，過一陣子自然會醒。」

安宿的能力是醫療特化型，能以視覺捕捉生體輻射，掌握身體的異常部位。光是目視就能做出比普通醫院精密檢查儀器更精確的診斷。既然她說沒問題就可以暫且放心。

「那麼等她醒來，可以勞煩您通知我一聲嗎？」

「沒問題。啊，不過如果這孩子逃走也別向我抱怨喔。我毫無戰鬥能力。」

安宿溫柔地微笑告知，花音則是笑著點頭回應。

「醫生不可能放任傷患跑掉吧？」

花音帶著結束治療的紗耶香與桐原離開保健室。

◇◇◇

花音是風紀委員長，同時也是五十里這段時間的護衛。

集中在論文競賽的護衛，採取每個護衛對象由數人護衛的體制。還有另一名二年級男學生擔任五十里的護衛，但花音完全不想把這份工作交給別人。

因此，即使非得向這名一年級女生問話不可，花音也並未等到對方清醒，而先回到正在進行實驗的操場。

而且剛才那個討人厭的學妹（也就是艾莉卡）又在這裡惹出風波。一名男學生面色凝重地告誡艾莉卡，她卻看著旁邊，以像是要吹口哨的表情當作耳邊風。

花音即使頭痛卻不能裝作沒看見，找了附近的風紀委員詢問細節。

「我說司波學弟，這到底是怎麼回事？」

達也確實是花音擔任委員長的風紀委員會成員，不過他現在更重要的身分是論文競賽代表之一，正在輔助實驗進行。

達也現在是受保護的一方，花音卻在達也打字時在旁邊搭話，即使她保護的對象是別人，這也不是身為護衛該做的事，但花音似乎不太注意這種事。

達也身後的深雪果然柳眉倒豎，但他的心情並未受到影響，停止捲動畫面轉過身來。

「艾莉卡與雷歐到處閒晃，似乎惹得關本學長不高興。」

花音聽到這番話後再度確認，發現眾人困惑的視線確實不是集中在艾莉卡身上，而是關本。

花音露出不耐煩的表情，走向爭論的兩人。

「……關本學長，到底怎麼了？」

風紀委員沒有任期，除非主動請辭，否則直到畢業都是風紀委員。摩利與辰巳趁著學生會交接請辭委員，但關本依然待在委員會。現在三年級的風紀委員只剩他一人。

「千代田……不，沒什麼大不了的事。我只是在告誡她，既然不是風紀委員，也沒有被社團聯盟選上，在這裡閒晃會妨礙到護衛任務。」

花音的個性不適合抱頭苦惱，但她好想這麼做。這位學長為什麼如此想刻意興風作浪？這是她率直的想法。

「……為了明年與後年，我們沒有理由阻止一年級參觀實驗。要是會妨礙到護衛任務，擔任護衛的我們會負責告誡。關本學長這次沒有接任護衛工作，可以交給我們處理嗎？」

花音這番話讓關本瞇細雙眼，但花音沒給他反駁的機會，轉身面向艾莉卡。

「你們今天可以先回去嗎？像是剛才的風波，換個角度來看就是四對一施暴了。」

艾莉卡聽到花音試圖不了了之的這番話之後露出冷笑。

自己也覺得這種做法只是息事寧人的花音，看到這副冷笑不禁火上心頭，但是這時候動怒只會害狀況惡化。

艾莉卡在花音緊咬牙關之前乾脆地轉身。

「我該回去了。達也同學、深雪，明天見。」

「……我也回去吧。達也，先走啦。」

兩名一年級學生斷然讓步，花音見狀鬆了口氣。

就在這時候，行動終端裝置收到通知而振動。

花音看過訊息之後，留下看似還有意見的關本，沿著剛走來的路回到保健室。

「啊，花音，等一下。」

以情報終端裝置集中控管測量儀器所傳送的資料的五十里，連忙跟著花音離開。這種做法是在實驗時擅離崗位，但是沒人指責這一點。

關本深感興趣地看著五十里並未關上的情報終端裝置螢幕——此時旁邊有人伸手，關閉終端裝置電源。

「市原……」

「我以為關本同學對這種實用領域的主題沒興趣。」

關本板著臉轉身，鈴音以完全感覺不到溫度的撲克臉回應。

「……我依然堅持應該重視始源碼之類的基礎理論以及術式本身的改良，但我並不是對應用技術沒興趣。」

「我自認沒有輕視基礎理論。但是為了降低實用化伴隨的風險，比起研究理論所需的理論，必須更著重於嚴格驗證基礎理論。」

「驗證和研究不一樣。研究是創造，光是驗證不會進步。」

「對人類無用的理論沒有價值。理論是為了實用而誕生。」

「即使現在看起來沒用，基礎理論的研究會在未來帶來碩大的成果。」

「未來的碩大成果，無法成為否定現在小幅度進步的證據。未來是現在的累積。」

兩名三年級學生各自以冷靜卻頑固的態度辯論，達也隔著螢幕偷看這幕並有所認同。

關本在校內的論文競賽審查會並不是第四名，而是僅次於鈴音的第二名。達也只聽鈴音說明過一次，不過她當時展現近乎敵意的抗拒感，讓達也留下深刻的印象。

為什麼鈴音那麼頑固地拒絕關本參加論文競賽？當時達也覺得有點不可思議。但他現在理解到，既然基本立場處於如此明確的對立，鈴音難免會展現那種態度。就達也所見，關本的對抗心態強得多。關本至今依然認為自己更適合擔任代表……達也抱持這樣的印象。

過高的自尊時而會讓理性失控。只靠著這種包著委婉外皮的辯論，應該無法讓關本罷休。就現狀看來，事情不太可能因而落幕，下次對方肯定會採取更直接的行動。而且沒人保證會是合法又和平的手段。

——但願別演變成棘手狀況——

達也有種強烈預感，認為這個願望不會實現，但他還是不得不如此期待。

◇　◇　◇

走出校門的雷歐，默默跟在艾莉卡身後。

雖說如此，他並未覺得是和艾莉卡一起放學回家。

從校門到車站，實際上只有一條路可走。

只是因為雷歐沒有急事，無須刻意超前。

雷歐認為，艾莉卡應該也是如此。

只是行走方向相同，湊巧配合彼此的速度。

「雷歐。」

所以艾莉卡忽然叫他時，他意外到不禁停下腳步。

艾莉卡也停下腳步。

「你今天有空嗎？」

雷歐一時之間聽不懂這個問題的意思，就這麼佇立在原地啞口無言。

艾莉卡轉過身來。

裙襬輕盈飄起，但雷歐的目光盯著艾莉卡的雙眼。

她的視線沒有絲毫鬆懈。

也沒有惡作劇的碎片。

而是染上鋼鐵色的氣魄，如同隨時會砍殺過來。

「怎麼樣？」

艾莉卡再度簡短詢問。

這句話解開雷歐的束縛。

「……沒什麼行程。」

「那就陪我一下。」

艾莉卡再度轉身，快步行進。

雷歐就這麼默默以相同速度跟隨。

表面上和剛才一樣。

不過，箇中含義有著一百八十度的轉變。

◇　◇　◇

花音等待五十里一起進入保健室一看，傳郵件的安宿以文雅聲音迎接。不過看到千秋被她雙手壓制而掙扎的樣子，「文雅」的印象就煙消雲散。
「醫生……您不是『毫無戰鬥能力』嗎？」
明知原因卻忍不住詢問，這並非第一次。
「真是的，這是『看護』而不是『戰鬥』啊。」
「…………」「…………」
並非只有花音不由得眼神發直，也並非只有她刻意不予吐槽。
「那個……我想問她話，可以請您先放開……不對，讓她坐好嗎？」
「沒問題。」
安宿加深笑容抱起千秋，就像是稱讚花音機警地瞬間改口一般——花音一想到維持原有說法會是何種下場，身子就隱約發寒。
或許是為了揮除這種心情，花音輕輕搖搖頭後，看向起身的千秋。
「『前天』還好嗎？」
千秋聽到花音這麼問就猛然睜大雙眼，連忙低頭隱藏表情。看來她現在才發現，前天在車站前面追她的是花音。
「前天也好，今天也好，妳真是亂來。一個不小心會害得自己受重傷喔。」
花音的語氣沒有質詢的色彩，反倒是溫柔的聲音。

「但我不能坐視這種行徑越來越激烈。正因為現在還沒發生什麼事，才得阻止妳。」

對花音來說，這也是最大限度的逞強作戲了。正因為她位居風紀委員長的地位，才背負起要讓學妹改過自新的義務感。否則以她原本的個性，應該早就忘記這件事了。

「妳剛才似乎對壬生同學說，妳並不是想要某些東西。那妳為何想偷資料？」

即使對於花音本人來說是逞強，似乎也令對方感覺煞有其事。

「……我的目的不是偷資料，是改寫啟動程式，讓報告用的魔法裝置不能動。這就是我借用密碼破解機的原因。」

「妳想讓本校的論文報告失敗？」

花音的表情看似壓抑情緒表達關懷，內心卻在瞬間怒火中燒。因為千秋想妨礙的不是別的，正是五十里大放異彩的舞臺（這是花音的主觀）。今天的花音真的非常耐得住性子。

「不是！我沒想過害報告失敗！」

不過，千秋的反應和花音的預料有些不同。朝肩膀使力避免自己情緒爆發的花音，有種撲了個空的感覺。千秋這番話出乎意料，但是態度看起來並不像是在說謊。至少花音覺得千秋不希望連報告都失敗。

「……我很不甘心，但那個人遇到這種程度的狀況也絕對能挽救，那個傢伙擁有這種功力。但如果程式在正式報告前出錯，我覺得他肯定會稍微慌張。要是他通宵好幾天累倒，我就會大呼痛快。我只是想看那個傢伙困擾的樣子！」
「為了惡整就做出那種事……？幸好沒釀成大禍，但是依照受影響狀況的嚴重程度，妳可能會被退學啊。」
「只要能挫那傢伙的威風，這樣也無妨！因為我不容許只有那個傢伙被欣賞……！」
千秋在床上發出嗚咽聲。
花音無計可施地看向五十里。
在病床遠處聆聽事由的五十里，朝花音點頭示意，坐在床邊的凳子上。
「平河千秋學妹……妳是平河小春學姊的妹妹吧？」
低頭嗚咽顫抖的千秋，肩膀基於別的意義顫抖。
五十里是九校戰技術人員，當然認識同為工程師團隊的平河小春。
「妳認為姊姊變成那樣，都是司波學弟害的？」
讓平河小春煩惱到退學的原因——亦即那場意外，五十里當時就在現場，所以他立刻知道千秋所說的「那個人」或「那個傢伙」是誰。
「……本來就是那樣吧？」
五十里詢問之後，從千秋口中低聲響起的話語是詛咒。
「那個傢伙明明能夠防止小早川學姊出意外，卻沒有那麼做。那個傢伙對小早川學姊見死不救，害得姊姊感到自己有責任……」

五十里輕輕把手放在千秋肩上，千秋用力撥開他的手。

五十里看著被撥掉的手，以略微自責的聲音再度開口。

「如果司波學弟要為那場意外負責，那我也同罪。因為我沒有察覺那道機關。包含我在內的所有技術人員都同罪，不只是司波學弟的責任。」

這番話不只是為達也辯護。九校戰進行「幻境摘星」的比賽時，三年級的小早川意外墜落，至今都沒有恢復魔法技能。五十里是當時在場的技術成員之一，他對此感到懊悔與責任。

「請不要逗我笑。」

然而，千秋就這麼低著頭，嘲笑五十里的想法。

花音一氣之下起身，五十里伸手制止。

「連姊姊都不知道，五十里學長當然不可能知道，只有那個傢伙能察覺那道機關，『那一位』就是這麼說的。可是那個傢伙只因為和自己或妹妹無關，就沒有出手相救！」

花音這次露出困惑表情看向五十里，五十里也露出相同表情。兩人都無法理解千秋的話語與態度。這番話聽起來簡直是在稱讚達也，甚至像是抱持憧憬。由於兩人過於困惑，因此都沒注意「那一位」這三個字。

「明明那麼萬能，卻不會主動做任何事……那個傢伙肯定是藉此嘲笑無能的他人。」

花音看向五十里，五十里不發一語地搖頭回應。五十里大致明白千秋的想法。人們被信任的事物背叛時，內心產生的憎恨將更勝於對競爭敵手的厭惡。即使是單方面的「信仰」亦同。

「其實連魔法都能自由使用，卻故意放水當二科生，無論對方是一科生還是二科生，一有機會就踐踏別人的自尊而竊笑，那個傢伙肯定是這種人！」

「好了好了，到此為止。」

滿是憎恨與妄想的批判，使得花音與五十里語塞。此時，一個毫無緊張感的聲音打斷了千秋高談闊論。

「醫生要出面喊停了。千代田同學，麻煩明天再繼續。」

「安宿醫生……」

「今天晚上，我會把她交給大學附設醫院照顧。家長那邊由我連絡，你們回去準備。日子所剩不多了吧？」

花音似乎對安宿的要求有意見，但是被五十里制止，就這麼離開保健室。

◇　◇　◇

兩人用的電動車廂裡，艾莉卡與雷歐並肩而坐。

在狹小的車廂內，和同班女生一對一獨處，即使是食慾大於色慾，應該說比起戀愛更喜歡打架的雷歐，也並非完全不會在意。

即使知道對方是艾莉卡，也莫名覺得不自在。

不對，或許正因為對方是艾莉卡，才更加不自在。

客觀來看，艾莉卡是少有的美少女。不曉得是因為身材好還是愛好武術，即使是手肘靠在窗緣眺望車外的輕鬆姿勢，看起來也很有型。

而且，似乎隱約洋溢一陣芳香。

像這樣並肩而坐，不能明顯注視也無法視而不見，目光無論如何都會被吸引去偷瞄。

雷歐早早就開始後悔自己沒問目的地就接受邀請。

幸好，這股提升不自在程度的沉默並沒有持續太久。

「……你不覺得太簡單了嗎？」

「什麼事？」

即使艾莉卡唐突發問，雷歐也好不容易成功以普通語氣回應，他暗自鬆了口氣。

「身分不明的外國人，在昨天警告我們有間諜潛入，今天了就找到暗藏間諜工具的學生。而且過程粗糙到像是請我們發現對方。」

「居然說粗糙……我覺得剛才那樣算是挺辛苦的。」

「笨蛋，辛苦的是抓她的過程吧？她大剌剌地把駭客工具拿在手上，這種冒失的程度實在是有違常理。」

「代表她終究是外行人吧？」

「嗯……」

雷歐果斷地如此認定。艾莉卡點頭出聲回應，卻不像是能夠完全接受。

「怎麼了？」

艾莉卡不同於以往的支吾態度，使得雷歐終於從她身上，感受到一股不能只以玩笑話或拌嘴帶過的氣氛。

「事情沒有因此結束……她可能是墊背。」

「意思是，她是引誘我們大意的幌子，真凶另有他人？」

在這個時候，沉默代表肯定。

「……所以妳找我的用意，是要扮演偵探揪出真凶？」

「怎麼可能。」

無奈地駁斥的艾莉卡恢復為往常的她。感覺到這點的雷歐，安心的感覺大於生氣。

兩人在狹窄空間共處的這個狀況，似乎令雷歐精神失調。

「我不會期待你動腦。」

「喂，妳說什麼？」

但雷歐怎麼說都不能無視於這句惡言。

「我和你都不是動腦的料吧？這種事真的交給達也同學就好。」

不過，她甚至坦承自己也「不適合動腦」，因此難以反駁。

「與其做這種不適任的事，另一種角色更適合我們吧？」

雷歐至此靈光乍現，這代表兩人的思考邏輯很像——但他們應該會各自強硬否定。

「當保鏢？」

——對方的目標和論文競賽相關。用不著刻意費心地設局引誘，對方也會在競賽將近時主動找上門來。

「不過比起防守，主要的任務是反擊。」

——自己這邊只要嚴陣以待就好。

「妳這女人真恐怖……要把達也當誘餌？」

——沒有進一步發生任何狀況也好。

「如果是達也同學，殺了也不會死。」

——即使對方耍手段，如果是達也就不會輕易地落敗。

「哈，的確。」

——我們只要全力制服間諜就好。

雷歐與艾莉卡以沒說出口的副音軌達成協議。

狹小的電動車廂裡響起壞心眼的低沉笑聲。

達也聽到這種對話大概會要求絕交，幸好（？）當事人不在場。

但這陣笑聲忽然中斷。

「不過，為此還欠缺一項要素。」

艾莉卡轉而繃緊表情，說出這句話。

「欠缺一項要素？」

雷歐察覺這是正經話題，乖乖豎耳聆聽。

「雷歐，你的步兵戰鬥潛力高人一等。如果是併用手槍與刀子的戰鬥，我覺得你的天分比服部學長或桐原學長還高。」

忽然聽到出乎意料的高度評價，雷歐比起開心或疑惑，愕然的情緒更加強烈。

「天分這方面也和Miki相當，但如果是肉眼可視範圍的戰鬥，你應該贏他。」

不過，雷歐停止思考的時間只有短短數秒。

「……所以？既然提到天分，妳的意思是我現在的能力有問題吧？」

面對雷歐犀利的反問，艾莉卡沒有特別驚訝就點頭回應。

「我不是說欠缺一項要素嗎？你沒有決勝手段。」

「決勝手段？」

「也可以說是決勝招式或必殺招式。能夠確實地解決對手的招式。讓對手感到強大威脅的招式。即使沒有實際施展，光是擁有就能位居優勢的招式。你沒有這種招式。」

「……妳就有？」

「嗯。雖然需要專用法機，但我只要手持那把法機，就擁有確實擊潰對手的祕劍。」

「哇……」

「你沒有確實殺害對方的招式吧？達也同學製作的『小通連』，依照使用方式與調校，是一種殺傷力強大的武器，但如果要當成決勝手段就不夠犀利。」

電動車廂移動到低速軌道，代表已接近目的地。

「……確實，我沒有以殺害對方為前提的招式。」

四月的那個事件，雷歐也是負責壓陣，沒有實際和Blanche成員交戰。他並不像桐原或艾莉卡那樣，實際對人類動用過切肉碎骨的暴力。

「你有決心學習這種招式嗎？」

艾莉卡的眼神射穿了雷歐雙眼。

「你有決心讓自己的雙手被別人的血玷汙嗎？這次的敵人大概是這種對手。或許用不著我們動手，老師或學長姊，還有達也同學就會幫忙解決。但如果不想旁觀，而是要認真介入，應該需要下定決心相互廝殺。」

「無須多問。」

雷歐雙眼絲毫沒有從艾莉卡的視線移開，簡潔明快地如此回應。

電動車廂減速進入車站月臺後，停了下來。

艾莉卡開門走到月臺。

跟著下車的雷歐聞到海潮味。

雷歐確定站名之前，認為這裡似乎是靠近神奈川的靠海區域。

艾莉卡停步，轉頭說道：

「既然這樣，我就教你吧。」

她在逆光之中轉頭向後。

「祕劍──薄翼蜻蜓。這是最適合你的招式。」

並且如此告知。

◇ ◇ ◇

太陽完全下山，街燈照亮通往車站的放學路。

今天沒有雷歐與艾莉卡，相對的，花音與五十里和眾人一起返家。

「……原來如此，是這個動機啊。」

無精打采的花音說出自己所知的隱情，達也聽過之後認同地點頭。

「這是怎樣！只是遷怒吧！」

「應該說亂發脾氣？」

穗香滿懷憤慨，旁邊的雫歪過腦袋難以理解，剛才的說法完全沒有要素讓她們認同。

「應該是不得不亂發脾氣吧……」

「她肯定非常喜歡她姊姊吧……我不是認同平河同學的企圖，但如果只是心情層面，我稍微可以理解。」

相對的，幹比古與美月的話語包含同情之意。

一科生與二科生的想法完全分成兩派，達也對此深感興趣，但他當然沒有露出絲毫想要看好戲的樣子。

「不過既然這樣，放著不管似乎也不成問題。」

達也所說的不是感想，是今後的對策。

花音與五十里一起對達也的意見感到納悶。

「她的目標是你耶。」

花音詢問的語氣，比起擔心更像無奈。

達也不知為何，以抱持歉意的表情搖頭。

「沒錯……各位是被針對我的惡意行徑波及，但我不會造成各位的困擾。報告裝置的保全系統，沒有柔弱到只用暴力攻擊的密碼破解機就能攻破。」

「慢著，裝置這部分不只是保全系統，我們還請機研協助監視，我也覺得不用擔心……但她知道入侵系統的做法不管用之後，沒人保證她不會使用更激進的手段吧？既然原因在平河學姊，我覺得最好由學姊出面說服，讓她回心轉意……」

五十里蹙著眉──連這種表情都很誘人（勾引人？），所以很惡質──點出了一個似乎最有效的解決方案，但達也還是搖頭回應。

「別讓平河學姊介入這件事。即使兩人是姊妹，學姊和這件事毫無關係或責任。」

平河（姊姊）是妹妹失控的原因，至少在這層意義上並非毫無關係。

但達也斷言「毫無關係」，五十里對他這番話似乎感到佩服。

「喔～你也有溫柔的一面啊。」

花音不是在消遣，而是率直地感到驚訝。

深雪見狀，顯得不太高興。達也不經意地將她擋在學長姊看不到的位置，比剛才兩次更明顯地搖頭回應。

「我覺得這樣會更加麻煩。何況最近在周圍伺機而動的，不只是平河姊妹的妹妹。」

這番話使得花音、五十里與幹比古猛然繃緊表情左右張望。

未發現可疑人影，但五十里與幹比古感受到周圍的些許動靜——預期外的想子波紋。

「……還是派護衛給你吧？」

花音不是藉由空間展現的晃動，而是從五十里臉上的表情晃動，確認達也的指摘並非多心，並且如此詢問。

「不，要是沒有七草學姊等級的感知能力，很難抓到對方的狐狸尾巴。」

達也暗指沒人能勝任這份工作，並且第四次搖頭。

◇　◇　◇

這裡不是池袋的住商混合大樓，也不是橫濱中華街的高級餐館，而是處在兩地之間。位於品川的某間高級日本料理店包廂，年約四十歲的男性與二十五、六歲的年輕人搭檔，和一名年過二十歲的青年相對而坐。

「非常抱歉，兩位等很久了嗎？」

年輕的青年剛到，如字面所述展現惶恐態度，卻完全沒有卑躬屈膝的印象。儒雅的舉止與俊秀的外貌，搭配醞釀出貴族氣息。

「不，我們也剛到。」

相對的，最年長的男性這聲回應，以話語來說算是妥當，態度卻高傲冷漠。雖然不低俗，但被評為不懂禮貌也在所難免。不過即使批判他不懂禮貌或粗魯，當事人肯定不會在意。至於最後一人——看起來約二十五歲的精悍年輕人，則是不發一語地靜靜坐著。

「事不宜遲，周先生。」

男性朝青年開口。

「那個少女似乎失敗了。」

「我自認理解陳閣下的擔憂。」

周姓青年柔和地承受男性的高壓話語。

「但她完全不知道我們的底細，我認為沒有洩密的危險。」

「喔？」

嘴裡說「我認為」，語氣卻蘊藏自信，使得陳以目光試探這名周姓青年。

「這樣居然還敢讓她參與協助。」

「因為那個年紀的學生純真而熱情，為了展現自己的價值，以及吸引眾人的目光，與其多聽更想要多講。這個時期會讓她覺得，比起了解別人，讓別人了解自己更重要。託她的福，我們得知了許多情報。」

周姓青年說完之後淺淺一笑。陳對他投以不太舒服的眼神，但他附和及囑咐的聲音都沒有留下厭惡感。

「既然周先生這麼說，應該沒問題。不過請務必別發生『萬一』啊。」

「我明白，這幾天會去看看狀況。」

周姓青年恭敬地行禮。陳滿足地看著這一幕，拿起桌上服務鈴搖動。

周姓青年察覺旁邊的年輕人——也就是呂剛虎朝著自己投以銳利的視線，但他掛著微笑的表情沒有任何變化。

【6】

這裡是午餐時間的學校餐廳。即使是魔法科高中，其樣貌也和理工或文科高中沒有兩樣，甚至和國中沒什麼差異（如果是教育上流階級子女的貴族直升學校或許不同）。毫無秩序的噪音重合起來，成為一種喧囂。

不過，這個混沌空間的某處忽然出現某種秩序。

入口附近的一角瞬間鴉雀無聲，轉變為具備指向性的細語。

即使是寬敞學校餐廳的一小塊區域，卻足以改變全場氣氛，發揮這股影響力（或統治力）的人，是最近似乎更加美麗的深雪。

擦身而過的人們毫無例外地對她行以注目禮，深雪表面上完全不在意，毫不猶豫地筆直走向達也等待的餐桌。

「哥哥，讓您久等了。」

深雪恭敬地鞠躬，達也笑著搖手回應。深雪後方的穗香點頭致意，雫以沒謹慎觀察就看不出來的程度簡單問候。

達也等人先找座位，深雪等人隨後會合——這其實並不是既定模式，平常也看得到相反的狀況，比率大概是六比四。

不過，深雪不來找達也的模式幾乎沒發生過。

「啊，深雪同學，妳來了。」

「美月，我剛到。」

此時，前去端餐點的美月與幹比古走了過來。

「那我去點餐。」

美月等人坐下之後，達也取而代之地起身，以眼神示意大家一起去。

達也帶著深雪、穗香、雫三名美少女前往配餐區，周圍刺向他的視線，和深雪剛才接受的目光完全不同。

四人捧著午餐托盤回來一看，座位只有美月與幹比古兩人。

「艾莉卡與西城同學還在上課？」

穗香隨口詢問不在場的兩人下落，但她並不是非常在意。他們並非午餐時總是全員到齊。例如達也這幾天忙著製作報告用的裝置（正確來說是調校程式），經常無法到學校餐廳露面（深雪理所當然地黏著達也）。

現代的教學系統，就某種意義來說很寬鬆，學生們在不同時間下課反而很常見。穗香這句詢問類似「今天天氣真好」，只是在尋找接下來的話題。

「嗯，他們兩人今天大概請假。」

不過，達也出乎意料地如此回答，使得穗香眼神閃亮。

「咦，兩人一起？」

「兩人一起。」

達也看到穗香充滿期待的眼神，立刻理解她誤會（？）了什麼，還露出壞心眼的笑容，刻意稍微換個語氣，賣著關子點頭。

「要說意外……也不會？」

雫微微歪過腦袋，像是自言自語般輕聲說著。語氣雖然平淡，眼神卻充滿興趣。

「咦，是這樣嗎？」

「美月，妳怎麼能問我們？」

美月瞪大眼睛詢問，深雪露出苦笑反駁。美月是他們兩人的同班同學，但深雪她們不是，所以深雪的說法很中肯。

「啊嗚，說得也是……」

困惑的美月移動視線求助。

「…………」「…………」「…………」

「啊？不，我覺得沒有什麼明顯的跡象……」

四個女生的視線很有默契地集中在幹比古身上，於是他有點慌張地回應。

「這麼說來，昨天他們兩人一起回家。」

此時達也再度投入燃料。

眾人發出「哇」或「呀」的聲音，開始興奮地吵雜起來。側目旁觀這群朋友的深雪，朝哥哥投以微溫的目光。

達也不經意地轉頭，迴避深雪「難道您累積太多壓力了？」的詢問視線。

「不過說真的，艾莉卡與雷歐同學為什麼請假？」

「是啊，只有他們兩人應該不可能忽然生病……」

所有人解決托盤上的食物，享用飯後茶水的時候，看似暫時平息的「兩人一起請假」的疑惑再度點燃。

「我很想說這樣講得太過分……但我有同感。他們直到昨天都沒有不舒服的樣子。」

達也與幹比古共同得出「不是請病假」的結論。

「當然也可能是巧合……」

穗香這句話是對達也說的，回應的卻是雫。

「也可能不是巧合。」

「話是這麼說沒錯，不過……」

雫以可能性回應可能性，穗香將對話對象從達也改成她。

「說起來，他們兩人的交情好到會發生『不是巧合』的事件？」

「我覺得發生也不奇怪……」

「呃，那個，我也這麼認為。」

雫向美月投以「妳認為呢？」的視線，美月連忙附和。

「不過，假設兩人現在在一起……他們到底在做什麼？」

深雪微微歪過腦袋低語，美月與幹比古的臉先後變紅。

「……兩位在想像什麼事？」

「呃，沒有，那個，我什麼都沒想。」

「沒……沒錯！什麼都沒想！」

「……那就好。」

兩人一起做出淺顯易懂的反應，深雪無奈地嘆氣之後看向哥哥。

「這個嘛……這是我基於假設自行想像，毫無根據的意見……或許雷歐出乎我們的意料，正在接受艾莉卡的鍛鍊。」

達也使了一個眼神，強調這是玩笑話。

「呵呵，有可能喔。」

深雪的嘴角綻放著笑容。

◇ ◇ ◇

達也的技能不包括「千里眼」。

但他做得到類似的事。

魔法不會直接受到物理距離影響，同樣的，認知情報體次元的知覺能力，也不會直接受到物理距離阻礙。只要能夠在情報世界指定對象，即使物理距離再遠都「看」得到。舉個例子，以超高倍率天文望遠鏡看月亮時，如果可以識別月面登陸船（的殘存物），就能掌握月面登陸船的狀態（可惜世間沒有解析度這麼高的光學望遠鏡）。

不過現在這個時候，達也並不是預先偷看艾莉卡他們在做什麼，完全是歪打正著。

「喂！又皺了！」

艾莉卡斥責的對象，正按著頭蹲在她腳邊。

「好痛～……我說過好幾次吧！動手之前先動口！語言是用來做什麼的！」

「就算我用講的，你也聽不懂吧？」

「妳覺得用打的就會懂嗎……」

雷歐的抗議虎頭蛇尾，就這樣越說越小聲。

自己處於討教的立場不能強勢，當然是原因之一；不過自己反覆練習這麼多次都無法上手，覺得自己不中用的感覺更加強烈。

「唉……說得也是，休息一下吧。」

但艾莉卡不認為雷歐不中用。她八成很清楚學習新招式的難度。

「拿去。」

「呃，嗯。」

雷歐盤腿坐在道場裡的木頭地板，身穿同款道服的艾莉卡遞出了一個不會太冰的水杯，在他的面前正坐。

「披風那時候明明很順利……果然是因為狀況不同？」

艾莉卡這番話沒有其他意思，雷歐卻不悅地蹙眉。

「……妳是說九校戰的那個？」

先不提戰果，雷歐似乎想忘掉當時的造型。不過這件事明顯和現在學習的招式有關，所以他不能假裝忘記。

「當時並不是拉平到像是熨過一樣，即使多少有些小皺摺，也不會影響盾牌的效果。而且布料本身也內藏輔助伸展的術式。」

艾莉卡維持正坐姿勢，以手指抵著下巴歪過腦袋。

「唔……這個明明也有內藏輔助術式才對……還是找達也同學商量比較快嗎？」

「不行。」

雷歐搖頭回應艾莉卡脫口而出的自言自語。

「這次勞煩達也幫忙會是本末倒置。既然內藏術式，我只要發動就好。」

「……果然是男孩子，呵呵。」

艾莉卡出聲竊笑。

她的笑容莫名嬌媚，雷歐沒能爭辯就移開目光。

◇◇◇

今天是週六，但學校沒放假，魔法科高中不採用週休二日制度。

今天也確實有（包含實習的）課程要上，但達也今早同樣造訪八雲的寺廟。

而且深雪今天也同行。

其實是「發勁」的練武場改裝完成，八雲邀他前來挑戰。

能以實彈練習魔法射擊的場所很少，尤其對無法使用學校練習場（因為不能在學校施展「雲消霧散」）的達也來說，不用專程前往土浦，附近就有地方能練習射擊，令他相當感謝。

深雪和哥哥不同，沒有非得隱瞞能力的隱情，但也不像加入社團的學生能自由使用練習場。何況比起狙擊單點目標，她擅長的魔法大多是改寫整個「面」的性質，導致平常很少撥時間練習射擊。達也認定這是個好機會就帶她來了。

寺廟的射擊練習場位於主殿地底。

「——呀啊！可惡！」

不知道是否該佩服，和學校設施相比，忍術師的祕密修行場別有一番風味。

發揮天生不認輸個性的深雪氣喘吁吁，汗水沿著太陽穴滴落。

挽起的秀髮在反覆跌倒的途中逐漸解開。

這裡是正方形的寬敞樓層。

四面牆壁的三面與天花板有無數個洞，接連射出標靶（之所以不是四面都設標靶，似乎是因為在敵陣中央孤立反倒是有反現實的情境，實戰時應該在落得這種狀況之前逃走）。

而且標靶設定為一次出現幾十個，一秒就會消失。

如果只是這樣，頂多就是在狙擊時手忙腳亂，但要是有標靶沒打中，將會有數量相同的模擬彈從天而降，所以很難應付。

深雪不會輕易地被射向自己的模擬彈打中，而是使用魔法全部擋下，卻會因為同時射擊與防禦而踉蹌跌倒，這種狀況從剛才就發生好幾次。

「好，停！」

八雲出聲停止裝置運作的同時，深雪不由得就這麼癱坐在地上，由此可知這個訓練設施的課程多麼嚴苛。

「辛苦了。」

「啊，哥哥……不好意思。」

達也遞出毛巾，深雪惶恐地伸手接過。

達也就這麼交出毛巾，以另一隻手握住妹妹的手，輕輕拉起她嬌柔的身體。

「謝……謝謝哥哥。」

「看來妳沒受傷。」

達也大致審視妹妹穿著薄運動上衣與韻律短褲的肢體，朝喘氣的深雪投以笑容。

深雪的臉蛋發熱泛紅，並不只是因為激烈運動，但不曉得達也究竟是否有察覺。

答案並未揭曉。

達也只對妹妹「我沒事」的回應簡單地點頭，就走向樓層中央。

態度頗為冷漠，但深雪沒有不滿的神色。

他們並不是來玩。

如果達也過度關心深雪，她將會主動勸誡哥哥。

不過當然沒發生這種事。

達也快步行走，將愛用的ＣＡＤ舉在胸前。

彎曲手臂，處於待命姿勢。

深雪一退出樓層範圍，訓練課程便毫無預警地忽然開始了。

三面牆出現球狀標靶。

而且全部同時化為砂塵。

達也維持著右手直指前方的射擊姿勢。

扣下扳機——按下ＣＡＤ開關的動作只有一次。

光是這樣，就以分解魔法射穿十二個標靶。

還來不及喘口氣，這次標靶從牆壁與天花板出現。

數量為二十四個。

達也甚至沒瞄準正面的任何標靶，維持ＣＡＤ的現在位置而扣下扳機。

翻身躲開從天而降的合成樹脂粉末。

轉身時將右手舉向正上方，扣下扳機。

小球接連出現，如同填補粉碎球體的縫隙。

扣扳機的次數逐漸增為二連發、三連發。

然而直到標靶用盡，懲罰用的模擬彈終究未曾發射。

「哥哥，您太厲害了！」

裝置停止之後，深雪飛撲般跑向放下ＣＡＤ的達也。

「真是的，居然完全過關……難度這樣還不夠？」

八雲一副無可奈何的樣子從後方走來。

達也以笑容回應深雪，再稍微皺起眉轉身面向八雲。

「因為這是我擅長的領域。不過，我還是打得相當勉強。那種偷襲人類意識空檔的壞心眼算式是誰寫的？」

「控制術式是風間給我的。」

「原來如此，製作的是真田先生啊……」

這名技術軍官表面掛著親和的笑容，背地裡的真實面卻黑心到在獨立魔裝大隊也首屈一指。

達也回想起他的面容而低吟。

八雲見狀像是「計畫成功」般放鬆表情，深雪如同要擋住這張表情，走到兩人之間。

「話說哥哥，您同時瞄準的數量是何時增加到三十六的？」

她這個行為不只是關心哥哥，想表達己身興奮情緒的慾望比較強烈。

「記得在三個月前，上限是二十四……」

深雪所說的，是同時瞄準並施展魔法的目標數量。

特化型ＣＡＤ是手槍造型，魔法卻不是從槍口射出。泛用型甚至沒有類似槍口的構造。分為四大系統八大種類的現代魔法，實際上是改寫事象擁有的情報，不是以魔力子彈射擊目標。因此只要鎖定目標，就能同時對複數事象造成同樣效果。

不過，為此必須具備多工思緒，才能同時定義複數座標。

不是將改寫事象的目標視為群體一起認知並改變，而是認知個別目標，個別施展魔法，因此必須識別目標事象之間的細部差異。

如果目標數量不到十個，一般人接受訓練大多學得到這種技術。但是在更上層樓的世界，就必須發揮不同於魔法的另一種天分，光是增加一個目標都很難。深雪眼神如此閃亮，並不能說都是因為加掛了戀兄情結的濾鏡所導致。

但達也笑著搖頭回應妹妹的詢問。

「不，這是因為本次設定為對方不會回擊，應該說就只是等待我射擊。如果是沒有緩衝時間的實戰，我現在的上限也只有二十四。」

「請不用謙虛。如果要這麼說的話，我在這種設定為等待射擊的訓練，也只能同時瞄準十六個。哥哥果然厲害。」

「好了，拍馬屁又沒有獎品。妳的魔法作用範圍比我廣，而且處於『隨時在意我』的狀況還能有這種表現，妳的控制能力其實在我之上吧？」

「若您這麼說，哥哥其實『真的』能以比我更強的實力，干涉更深的階級吧？」

八雲露出苦笑，介入兩人如同打啞謎的對話。

「好了好了，你們別講了，隔牆有耳喔。」

兩人露出「糟糕」的表情相視，露出類似的笑容打馬虎眼。

達也他們從地底練習場，來到八雲私人起居的僧房緣廊。

帶他們兩人過來的，不用說當然是八雲。八雲經常在他們修習之後招待茶水，不過這次難得不是在主殿緣廊，而是帶到僧房。達也認為應該是要討論特別的事。

「你們還要上學，我長話短說。」

端三個茶杯過來的八雲，一坐在達也身旁就如此開口。

「你似乎拿到罕見的東西了。」

無須確認，八雲所說「罕見的東西」就是指瓊勾玉。雖然這番話出奇不意，但達也並沒受到打擊。要是因為這種程度的口頭攻擊就亂了分寸，不可能和八雲打交道。

「是別人借放的。」

達也說得委婉，卻斷然肯定八雲的推測。達也至今痛切體認到在八雲面前裝蒜毫無意義。也知道以八雲的個性，不會因為平白揭發別人的祕密而高興。

「既然這樣，最好儘早歸還。若做不到，至少也別放在家裡，要拿到適合的地方。」

達也預料到八雲會提出警告，但是語氣比達也預料的還要嚴肅。緊張感隨著意外感一起被喚醒，原本只轉頭面向八雲的達也，改為整個身體斜向而坐。

「我並未察覺被人盯上。」

達也這句話隱藏「真的有人盯上？」的確認之意。小百合遇襲時，達也自己也（基於肉體意義）吃了苦頭，後來達也比平常更加注意身邊狀況。但是不提煩人的小型糾纏，他並未察覺到足以令八雲掛念的強大威脅。

「對方行事謹慎，而且很有能耐。」

八雲的回應不只是警告對方實力非同小可，也暗示他已經掌握線索。

「就算我想問對方是誰……也沒用吧？」

「並不是完全沒用。」

八雲這句話實在耐人尋味，但達也沒有催促他說下去。

至於八雲似乎是焦急達也為何遲遲不上鉤，緩緩繼續述說。

「我想想……再給你一個忠告吧。面對敵人時，要小心避免錯失方位。」

「方位……嗎？」

疑惑地反問的人是深雪。

達也默默看著八雲，等待他回答深雪。

「繼續問的代價很高喔。」

但八雲沒有回答深雪。

達也看著八雲露出的奸笑，決定放棄進一步詢問。

◇　◇　◇

距離論文競賽還剩一週又一天。

論文報告的後援體制，如今形容成全校團結也不誇張。

用來發表論文的實驗裝置大致完成。不過為了呈現更有效的演出，讓運作更加確實，因此反覆對細節挑毛病，持續進行修飾、改良與調整工作。

有人負責製作展示裝置、有人負責計畫舞臺上的演出、有人指導如何在觀眾席有效聲援、有人處理交通或餐點問題……在九校戰沒能活躍的文藝型學生，也盡情發揮著才華。

另一方面，體育型學生們也忙於準備，以確實完成自己的職責。以一般來說無須幫忙準備的大人物帶頭，揮汗訓練以防萬一。

這裡是將學校鄰近山丘改造而成的野外演習場。魔法科高中不是軍警預校，但是很多人想走這條路，因此室內外遍布這種設施，種類繁多又充足。

幹比古在這座人工森林裡隱藏氣息，觀察著高年級的訓練對象。

幹比古藏身在樹後，對方置身於森林裡的開闊空地。即使目光沒有相對，完全可形容為光明正大的英姿，依然造成幹比古的壓力。

他的對手是社團聯盟前任總長——十文字克人。

這一屆的論文競賽，克人擔任九校聯合會場警備隊的總隊長。除了和其他學校代表開會，也像這樣親自站在訓練最前線，提振獲選為警備隊員的學生們的士氣。

幹比古獲選為練習對象，是因為克人注意到他在九校戰的活躍。

不過，克人的對手不只幹比古一個人。

剛開始是十對一。

開始三十分鐘之後，已經有七人敗北。

幹比古只有數度發動遠程攻擊，完全沒有遭受攻擊，但他早已汗流浹背。

而且是冷汗。

（……我太心急了。）

他得知獲選為練習對手時，高興得差點跳起來。他是一年級，而且是二科生，又沒加入任何魔法競賽型的社團，一般來說即使主動要求，也很難成為十文字家下任當家的練習對手。

澤木前來邀請時，幹比古二話不說地點頭答應，應該說猛然行禮致意。

他知道自己實在敵不過對方，因此想要努力奮戰，獲取寶貴的經驗。

然而——

（我要冷靜點，這是模擬戰。）

幹比古從剛才就反覆地如此告誡自己。

克人有確實地手下留情，敗北的七人都沒有受重傷。然而明知如此，克人釋放的壓力也差點壓垮幹比古。

幹比古的精神並不脆弱，反倒該稱讚他居然能承受克人釋放的沉重壓力。就在不久的三分鐘前，才有一個叫作五十嵐的百家主流一年級學生無法承受壓力，在魯莽突擊之後反遭打倒。

幹比古的呼吸，在他沒察覺的時候變得急促。

呼吸聲不知不覺提高至聽得到的音量。

他立刻察覺，慌張閉氣。

應該只有兩三次呼吸聲洩漏出去才是。

即使在室內，遠離一公尺就聽不見這種音量。

然而，克人的視線正確地投向幹比古藏身的樹木。

新的冷汗沿著幹比古背後滑落。幹比古硬是將噤氣之後停止的呼吸再度運作，將精神集中於聽覺與觸覺。

幹比古沒有膽量使用魔法偵查。即使知道藏身處被發現，也沒有膽量主動暴露行蹤。要他探頭更是免談。

幹比古豎耳捕捉空氣的流動。

隔著單腳跪地的褲管，感受地面傳導的隱約振動。

光是這樣還不夠。

以眼睛解讀氣流擾亂產生的些許光線折射，以口鼻分辨空氣裡化學物質的比例變化。

幹比古讓五官總動員，將第六感傳送的模糊情報，重新構築為確實的資料。

克人不疾不徐，也沒有過度提防，以穩健的腳步逐漸逼近幹比古。

（……三……二……一，就是現在！）

幹比古在心中倒數，將右手按在地面。

沿著地表下方的導火線，將想子送入咒陣。

幹比古躲在樹後之前就設置的條件發動型魔法，以術士的想子波動為引信產生效果。

地面噴出四根包圍克人的土柱。

正確來說，柱子的方位是東南、西南、西北、東北，也就是以「地、人、天、鬼」四門為頂點，呈現正方形配置。

下一瞬間，克人所站的地面迅速下陷成為研缽狀。

古式魔法——「土遁陷阱」。

並非讓術士趁著煙霧瀰漫躲進地底，是讓敵人陷入洞裡被土砂潑灑，阻止對方前進並干擾視線，確保術士有時間逃走。

應付等級差的對手，可以直接封鎖行動並且捕捉。但是幹比古沒有對自己的能耐自滿，不會樂觀到認為用在十文字克人身上，能夠造成牽制以上的效果。

幹比古等不及確認法術發動後的效果，就全力逃離現場。

這個判斷很正確。

煙塵散去後，現場留下按壓成圓形的洞、落在圓環上的土砂，以及一塵不染的克人。

他的防壁魔法完全阻斷這個以土為媒介的攻擊。

雖然這麼說，對方也趁著自己視野受阻時逃走，這是事實。

克人咧嘴一笑，讓自己基於防壁斥力微微上浮的身體，踏步踩向地面。

無論室內或室外，進行魔法模擬戰時，都會有監視人員隨行以防止意外發生，或是在意外發生時負責救護。

「喔……」

摩利看著監視器畫面出聲感嘆。

幹比古身為一年級卻存活到現在，光是如此就值得稱讚他的能耐。他的技能優秀到和一科、二科生的框架無關，這一點在九校戰也確認過。不過像這樣重新目睹他實際戰鬥的樣子，不只是特異的魔法技能，他運用魔法的技術更加搶眼。

「這種精巧和達也學弟不同類型。今年的一年級有很多有趣的孩子。」

聽到真由美如此搭話，摩利嘲諷地揚起嘴角。

「說來諷刺，真要說的話，二科生值得注意的傢伙比較多。」

這句話使得真由美露出勸誡般的苦笑。

「摩利，這妳就錯了。以綜合實力來看，優秀的一科生還是比較多。只是因為今年擁有特別能力的孩子很顯眼，才給妳這種印象。」

大概是心裡對真由美的說法有底，摩利說聲「原來如此」點頭後，再度看向監視器。

「……不過，相較於其他的一年級學生，這小子肯定是『能用』的傢伙。算是物以類聚的正面解釋吧。」

「老師們也有說，吉田學弟經歷九校戰之後進步得很快呢。我很希望這種正面影響能擴散出去，不過……」

「那個傢伙不是能當領袖的類型。」

「真要說的話，是不斷樹敵的類型。」

摩利與真由美露出苦笑。旁邊的監視器螢幕映著幹比古被逼入死路，拚命抵抗的模樣。

◇　◇　◇

以防萬一的準備，不只在校內進行。

這裡是百家「劍之魔法師」千葉家的道場。雷歐今天也沒去學校，一大早就來這裡。

包含中間吃午餐的時間，他整整六小時汗流浹背地不斷揮木刀。這種空揮專用，內藏粗長鐵棍的木刀，連高手揮個三小時也會叫苦連天。雷歐的體能與毅力，即使是平常拌嘴的艾莉卡也不由得感到佩服。

「好，停！」

雷歐隨著艾莉卡的指示放下雙手，終究還是吐出了好長一口氣。

正前方的艾莉卡，以手帕擦拭他額頭上的汗水。

「話說回來，你真能撐。你沒什麼劍術經驗吧？」

用語稱不上客氣，但艾莉卡這番話沒有平常的消遣氣息，而是率直佩服的語氣。

雷歐似乎也聽得出來。他有些難為情地聳肩，故意以冷漠語氣回應。

「和這裡的人比起來，我當然是初學者。不過，即使我平常在沒揮刀，在社團裡也會揮冰斧或十字鎬。」

「冰斧就算了，居然還用到十字鎬……山岳社到底是做什麼的社團？」

「關於這方面，我也難免有這種感覺……而且說到能撐，妳還不是一樣。」

如雷歐所說，艾莉卡並非只有旁觀他揮刀，而是站在雷歐正前方示範空揮。雷歐是看著艾莉卡的動作，有樣學樣地跟著揮木刀。

「因為我揮的刀很輕。如果是跟你一樣的刀，我早就投降了。」

艾莉卡說完，將自己所用的木刀扔向雷歐。

雷歐穩穩接住忽然飛來的木刀，單手輕揮確認重量。他臉上出現認同與困惑的神情。

「確實很輕……不過好像太輕了，很難用雙手揮動。」

「這部分就是技術。」

艾莉卡毫無謙虛或敷衍之意如此回應，以手帕擦拭頸子。她大概是覺得悶熱，稍微拉起道服衣領搧風，雖然沒有露出內衣或私密肌膚，雷歐還是不由得移開視線。

雷歐這個動作有注意別被艾莉卡發現，但即使他展現可疑舉動，艾莉卡也不會害羞或提防。兩人當了半年的同學，艾莉卡知道這名看似粗野的少年，意外有著純情又頑固的個性。例如即使女更衣室的門沒關好，稍微開出一條門縫，而走廊完全沒人，雷歐也會刻意視而不見離開現場。這就是艾莉卡對他的評價——不過要是雷歐明顯移開目光，艾莉卡依然難免會覺得尷尬。

「……你在看哪裡？」

「啊？」

艾莉卡投以不悅的聲音與眼神，使得雷歐內心分寸亂到不自然的程度。

「呃，沒事，我什麼都沒看到！」

看到雷歐慌張成這副德性，艾莉卡即使沒這個必要也不禁難為情。她好歹也擁有這種程度的普通少女感性。

「我知道你什麼都沒看到！我是叫你不准東張西望！」

「喔，嗯，抱歉。」

尷尬的空氣盤踞在兩人之間，但艾莉卡不會老是忸忸怩怩下去。

「……進入下一個階段吧。」

艾莉卡以銳利目光一瞪，雷歐不是感到慌張，反倒是鬆了口氣。

「再來是砍稻草靶，對嗎？」

「沒錯，跟我來。」

艾莉卡帶領雷歐抵達的房間裡，牆邊擺著組成格子狀的稻草束。這裡是進行劈砍修行——練習筆直下刀、筆直收刀的房間。揮刀時，刀身與軌跡必須成為完全直線的平面，否則刀刃無法完全發揮功能。雷歐要學習「薄翼蜻蜓」，這項技術尤其不可或缺。

「來，這是真刀，小心點啊。」

畢竟是真刀，這次艾莉卡不是用扔的，而是握著刀柄正中央，將出鞘的刀遞給雷歐。

雷歐以右手握住刀鍔下方，以左手握住刀托，雙手接過這把刀。

「你知道順序吧？」

「嗯，首先砍橫向稻草束的最上層，砍下去之後必須確實收招以免砍到第二層。然後砍第二層，再砍第三層，直到砍完五層就換下一排。從最左邊依序砍到最右邊。」

「回答得很好。我到裡面休息一下，你砍完最右邊再來叫我。」

「到時候刀怎麼辦？」

「刀鞘就架在入口旁邊吧？」

艾莉卡說著指向入口旁邊。

雷歐有看到這把刀出鞘，原本不需要再度確認這種事，但他依然看向了艾莉卡所指的位置，作為附和。

「就這麼插回去就好，刀鞘會負責保養。」

既然說刀鞘會保養刀，代表刀鞘內部隱藏清潔與上油的功能。雷歐如此解釋後，回以明瞭之意。於是艾莉卡輕輕舉手回應，走出稻草練習房。

白刃隨著殺聲揮下。

一開始會卡在稻草裡，或是力道過強砍到下一段，但最後一列都是將稻草束一刀兩斷。剛才砍的是最後一束，艾莉卡出的功課至此完成。時間應該花不到十分鐘，雷歐對此感到納悶。太簡單了——這是雷歐心中冒出的異樣感。艾莉卡說「練完再叫她」就離開這個房間，要在這段時間稍微休息。也就是說，至少艾莉卡認為這項課題的完成時間，足以令她休息一下。然而實際花費的時間只夠喝杯茶。恐怕是自己的做法錯了——雷歐如此判斷。

但雷歐不知道是哪裡出錯。艾莉卡確實誤判雷歐的身體能力，所以他再怎麼想也不可能想得通。幸好雷歐沒有愚蠢到無謂地納悶浪費時間。既然知識不足以得出答案，雷歐認為想再久也沒意義。艾莉卡要求「練完再叫她」，雖然雷歐不認為「練完了」，最後還是決定去叫艾莉卡。

雷歐依照指示收刀回鞘，從稻草練習房來到走廊，才察覺沒問艾莉卡她人會在哪裡。他抱持著「我真脫線」的自嘲想法，環視周遭尋找HAR終端裝置，卻沒有看到類似的東西。即使找得到，雷歐也未必有權限查詢這種私人情報，因此他立刻放棄尋找終端裝置。

雷歐認為回到道場應該有人知道，沿著剛才的路往回走，碰巧在走廊遇見來自主屋的年輕女性。對方年約二十五、六歲左右吧，素雅花紋的和服（雷歐不曉得是哪種和服）自然地搭襯，看起來像是已婚也像是未婚。她的容貌不算出色，落落大方的態度卻也不像傭人。何況這間宅邸應該沒有年輕女傭才對。

「哎呀，沒見過你耶。」

加上她的語氣頗為高姿態，雷歐確定她是千葉家的人。雖然和艾莉卡完全不像，但雷歐認為應該是艾莉卡像母親，這名女性則是像父親。

「噢……艾莉卡說的同班同學，難道就是你？」

對方以親切的聲音搭話，但是就雷歐聽來只像是客套話。他認為這對姊妹（雷歐擅自斷定對方是艾莉卡的姊姊）交情似乎不好。

「我是西城雷歐赫特。」
就算姊妹交情不好，雷歐也不打算更改態度。他自覺到即使逢場作戲也只會穿幫。
「其實艾莉卡……同學，要我完成課題之後去叫她。」
不過，「直呼姓名不太好」的想法還是在雷歐心中產生作用，使得他的語氣因而變得奇怪，但疑似艾莉卡姊姊的這名女性看起來不太在意。
「艾莉卡說她在哪裡等你？」
她在意的不是瑣碎的部分，而是話中重點。雷歐認為她的個性似乎相當正經，卻好像不只如此——但這份判斷毫無根據。
「我只聽她說要去休息一下。」
「這樣啊……那我想應該在休息室。」
艾莉卡的姊姊（暫定）說完，從袖口取出小型行動終端裝置，簡單地操作觸控畫面之後，說「這個借你」而遞向雷歐。
「按照畫面導引就走得到，門也可以用這個打開。」
「……我這樣擅自進去好嗎？」
「是艾莉卡要你去叫她吧？」
「這樣啊……」

雷歐莫名地無法釋懷，但他正在找艾莉卡，所以這樣確實幫了大忙。雷歐如此說服自己接過終端裝置，艾莉卡的姊姊（暫定）留下「請隨意」這句意圖不明的話語，就走向道場離開。

「話說回來，這座宅邸真大……」

雷歐借用的時候頗感猶豫，但現在深刻覺得「幸好有借」——這裡指的當然是艾莉卡的姊姊（暫定）借他的行動終端裝置。

會這麼說，是因為通往休息室的路非常難懂。總覺得似乎……應該說肯定被迫繞遠路，但雷歐解釋成這是內部格局使然。總之雷歐繞了五分鐘以上，才終於站在休息室門前。

雖然剛才說可以直接進入，雷歐依然有所顧慮。艾莉卡不是他的親人或戀人，只是關係比較深入（他在思緒之中也沒有形容為「親密」）的同班同學。

總之雷歐先敲門。

「喂，艾莉卡，妳在嗎？」

裡面沒回應。於是雷歐改為出聲呼叫，但還是沒回應。

「我進去囉。」

雷歐事到如今懷疑她是否在裡面，但如果裡面沒人就無須客氣。如此決定的雷歐，把手上的終端裝置放在門旁的感應器。

門鎖隨著古典的電子合成聲開啟。

房裡忽然傳出聲音。

心想「什麼嘛，明明在裡面」的雷歐，開啟沒有把手的厚實拉門。

緊接著聽到「等一下！」的叫聲。

「——唔啊？」

雷歐喉頭發出愚蠢的聲音。

他沒有這份自覺，現在的雷歐絲毫沒有餘力注意這種事。別說是挪動手指了，甚至沒想到要闔上眼皮。

看著他的對象也一樣。

雷歐眼前的艾莉卡，以起身回首的姿勢僵住。

雷歐所見的景色如下：

艾莉卡是只裹一條浴巾的不得體模樣。由於姿勢不自然，胸前固定的位置相當寬鬆。

她前方是椅背放平的按摩椅。直到雷歐開門的前一秒，艾莉卡大概都躺在椅子上。

艾莉卡身後有著一道確實設置有門把的門。雷歐直到此時才終於察覺，自己所打開的拉門是緊急逃生門。

浴巾這時輕盈地解開。

時間流動的速度降到好幾分之一。不對，可能是意識加速了好幾倍。
艾莉卡迅速按住緩緩落下的浴巾。
捆綁雷歐身體的束縛，此時終於解開。
「抱……」
「色狼變態偷窺狂快給我關門啊笨蛋～！」
雷歐還沒道歉，話講太快而口齒不清的責罵風暴就席捲而來。
雷歐連忙關上逃生門，背靠門板緩緩地滑落癱坐。

「那個沒人要的陰險女人……想說她姑且是姊姊所以客氣一點，看來我錯了……」
艾莉卡口出惡言，大步踩響地板。跟在她身後的雷歐臉上印著鮮紅的楓葉，這是雷歐乖乖答應艾莉卡「總之讓我打一下」的結果。即使如此，至少不是拳頭而是耳光，原因並不是考量雷歐也是受騙的被害者而減刑，只是因為艾莉卡不想弄痛手指。
雷歐對於自己受到的懲罰毫無怨言，他認為這次完全是自己的錯。艾莉卡之所以會悠閒地躺在按摩椅，是因為錯估雷歐完成課題的時間而疏忽，但這件事和雷歐毫不猶豫地打開逃生門完全是兩回事。幸好勉強沒有看到「重點部位」，但雷歐不認為能以這種理由卸責。他心想今天最好就此離開，為了再度道歉而呼喚艾莉卡。

「艾莉卡。」「雷歐。」

雷歐的聲音剛好和艾莉卡叫他的聲音重合。

「雷歐。」

雷歐懾於艾莉卡回首的銳利眼神時，艾莉卡再度叫他的名字。

「給我忘記剛才的事。」

雷歐認為這個要求很中肯卻強人所難，如果想忘就能忘也太簡單了。

「——就算我這麼要求，應該也是強人所難。」

但艾莉卡接著說出這句「懂事」的話語，雷歐感受到的情緒不是放心，是戰慄。

他的預感立刻成真。

「我要好好傳授你各種東西，讓你無暇記住無謂的事。不只是薄翼蜻蜓，也會好好傳授『劍術』的基礎給你。」

因為很重要，所以講兩次？雷歐甚至無法如此吐槽，因為艾莉卡充滿懾人氣勢。

「你從今天開始住下來。」

「……我只帶了一套換洗衣物啊。」

現在的雷歐，充其量只能如此回應。

「我至少會幫你準備內衣褲。這部分會請款，不用擔心。」

連這句話都被艾莉卡一語駁回。

◇　◇　◇

即使到了傍晚，第一高中依然因為學生忙碌奔走而充滿活力，校內籠罩著如同校慶前最後衝刺的喧囂。魔法科高中除了一般的高中教育，還加入魔法教育課程，年度行事曆沒有這種餘力安插校慶這種活動。如果是校際比賽或活動都會正常參加，不過很遺憾，校內不會跨越社團或學年界線舉辦什麼活動。對於這樣的魔法科高中學生來說，九校戰連事前準備都由實技優秀的學生包辦，但論文競賽的準備期間不同，連二科生也有很多機會表現，因此這段期間可以盡情享受類似校慶的熱鬧氣氛。

以文化型社團一年級女生義工為中心組成的慰問團，也配合最後衝刺而全力運作。平常這時間早已放學，少女們卻依然奔走分發晚餐便當。加入美術社的美月也在其中。

俗話說得對，秋天的太陽下山早。十月下旬的現在，太陽早早就西沉，剛才還染紅的西方天空，被粉刷為淡紫與深藍的漸層色。幹比古看向戶外明顯入夜的景色，在心中低語「今天留到好晚」並長長嘆了口氣。

今天他被找來擔任社團聯盟前任總長——十文字克人的訓練對手。當然不是一對一，是十對一模擬戰的其中一人。

幹比古不認為只會打一場就結束，也不希望如此。和十師族或一科生無關，克人的實力在九校戰就烙印在他的眼底。即使是模擬戰，能和他這種高手過招的機會也很難得。光是親身體會克人的強與自己的弱，就是非常貴重的經驗。參加模擬戰的幹比古鼓足幹勁，要貪婪地學習如何對抗現代形式的魔法使用者。

如同幹比古的期望，模擬戰一共進行了五次，而他也被克人修理了五次。上氣不接下氣地躺下（被迫躺下？）的幹比古，由衷滿足於這段時間正如想像中充實。他從週六半天課結束之後陪同克人訓練，結束時是下午四點半。中午只吃了簡單的口糧，以免訓練時露出嘔吐醜態的身體還是感到飢腸轆轆了。就在幹比古因為西下的耀眼陽光瞇細眼睛，說聲「那麼，回去吧」起身的時候，響起「休息結束」的號令。

克人擔任九校聯合會場警備隊的總隊長，因此澤木代替克人指揮第一高中警備部隊，這聲號令就是他下的。反射性地站起來的幹比古，在澤木的氣勢推動之下（應該說被氣勢捲走），又扮演凶手角色參與後續的默契訓練。一個小時後，警備隊員還在接受訓練，但接受召集前來擔任練習對象的一年級學生則是功成身退（但二年級學生還走不掉）。

幹比古把沾滿了塵土的運動服換回制服，前往警備隊正在進行格鬥訓練的第二體育館（通稱

「競技場」）。表面上是他提供協助，但是收穫較多的無疑是幹比古，所以他想表達感謝之意。

原本只是打算簡單打個招呼就回去以免妨礙練習，但是——

「吉田學弟，你也一起來吃吧！」

幹比古又被澤木逮到了。慰問團剛好送便當過來，幹比古心想來得真不是時候。目前留在競技場的幾乎都是二年級。並不是沒有一年級獲選為警備隊員，不過幾乎都是今天首度見面，幹比古並不認識。他確實餓了，基於這層意義，反而該說來得正是時候。不過和這群人一起用餐，別說吃不出飯菜味道，幹比古還覺得可能對腸胃不好。

幹比古思考該如何婉拒，不過他剛開始思考對策，就察覺一對期待與安心情緒交錯的奇妙視線。一般來說，和「期待」相對的情緒是「不安」，不過，從這對眼神中所解讀到的情感卻明顯是「鬆了口氣」。幹比古忍不住在意這對視線回看，在四目相對的瞬間，這名（他自認）交情親近的女孩猛然轉頭移開目光。

幹比古對此頗受打擊，剛才一時情急轉頭的美月，朝他投以尷尬的笑容。

在美月的牽制之下，幹比古找不到藉口逃離（他使用任何藉口應該都是相同結果），被席地而坐的人輪吞沒。

這裡似乎是配餐的最終地點，慰問團的女學生也端正坐好，從大腿上的便當取出三明治（男學生的便當是三明治加上包餡的飯糰）。或許是充滿陽剛味的警備部隊投以期待視線引發同情，證據（？）就是女學生們坐在打造成柔道場的小體育館榻榻米之前，還幫坐成一圈的男學生們倒茶及發放擦手巾。

幹比古坐下時，慰問團的額外服務也幾乎同時完成。硬是被拉進人輪的幹比古在榻榻米上正坐，立刻遵照旁人的「教育指導」放鬆坐姿，身旁跪坐的少女緊接著遞出便當。幹比古無須確認就知道對方是誰，因為他一直以餘光追隨這名女孩的動作。

「柴田同學，謝謝。」

幹比古很有禮貌地道謝後，美月就誇張露出害羞的表情。好幾名高年級生（主要是女生）見狀愉快地揚起嘴角，但沒人開口說風涼話。名門第一高中的學生都懂得分寸。畢竟要是貿然出言消遣，這場好戲就會早早收攤。

——旁人打著這種壞主意，幹比古與美月卻沒察覺這陣思潮，他們沒有這種餘力。沒想太多就相鄰而坐不成問題，但即使是同班同學，美月的膽量也沒有大到能在許多學長姊圍繞的狀況主動對男生說話。幹比古老家的門徒大多是女性（這是神道系古式魔法的共通傾向），並不是不擅長和女性交談，但美月滿臉通紅令他過度在意，抓不到對話的契機。

結果就是兩人醞釀出非常生澀，令旁人心頭一暖的「初戀情侶」氣氛。如今以微溫視線守護兩人的不只是女學生，看似和這種事無緣的武門派男學生，也察覺到幹比古與美月之間的微妙氣息。美月為幹比古添茶時，因為手指不小心相觸而連忙收手——在這場既定戲碼上演的瞬間，整個人輪交相冒出等量的無言殺氣與無言喝采。

到了這種程度，即使沒察覺自己被當成話題，兩人也開始覺得「狀況似乎怪怪的」。至少他們擁有這種程度的感知能力。冒出這種想法之後，就覺得至今沒在意的視線莫名不自在。美月的反應尤其明顯，靜不下心的態度逐漸強烈，最後終於說出「那個，我……稍微……」這句不曉得是要表達什麼的話語起身——不對，應該說試圖起身。

話說回來，坐在榻榻米上的文化，在現代日本已經完全荒廢。一般的生活習慣是坐椅子，慣於正坐的日本人只限於武術、才藝、宗教的修習者，或是接受這種特別訓練的人。不過「女生要正坐」的這個社會觀念依然留存了下來，因此慰問團的女學生大多是標準正坐。但是高年級有悄悄使用減輕體重的魔法。這種魔法不需要注重速度或精度，即使是二科生，升上二年級之後也能不用CAD就施展這個魔法。不過魔法需要十至三十秒的時間才會生效，學姊們有時候會忽然不講話，可能就是因為在重新施展減輕體重的魔法。男學生也明白這一點，所以不會向忽然安靜下來的女學生搭話。

但美月是一年級又是二科生，還不可能做到這種事。甚至並不知道有「正坐時以魔法減輕體重」的祕技。而且她也和坐在榻榻米的才藝無緣——

「哇哇！」

——所以腳完全麻了。

美月起身之後，隨即雙腳一扭，發出了尖叫聲而倒下。幹比古連忙伸手幫忙卻完全來不及。他好不容易以跪坐姿勢扶住美月的上半身，但光是踩穩避免一起跌倒就沒有餘力。甚至無暇在意自己抓到哪個部位，以哪個部位為支點。

總之完全吸收跌倒的力道之後，幹比古鬆一口氣。他眼前是美月的後腦杓，換句話說，他現在是從後方抱住美月。那麼他雙手各自傳來的豐盈柔軟觸感，到底是什麼東西呢……

幹比古很想在此時停止思考，但思緒卻背叛了意識，得出他雙手掌握的物體是什麼的答案。同一時間，美月凍結的頭腦再度運轉，認知到自己正處於何種狀況。

「————！」

「抱抱抱歉！」

美月發出無聲的尖叫掙扎，幹比古連忙鬆手。美月雙手撐在榻榻米上，整個人趴在地上，成為臀部對著幹比古的丟臉姿勢。美月立刻察覺到這一點並更加慌亂，忘記自己腳麻就起身，在轉身時一屁股跌坐在地。由於連續做出勉強的動作，長裙大幅往上捲。內搭褲包裹的雙腳，直到大腿根部都見光。美月以平常的她所無法想像的速度，將姿勢改為俗稱「女孩坐姿」的雙腳外開正坐，放下自己的裙襬。早已紅透的臉更加火熱，如同燃燒著一般。雙眼緩緩冒出淚水的美月再度起身，這次沒有跌倒就跑出體育館。

「吉田學弟，還呆呆地看什麼看！快去追啊！」

呆愣目送美月背影的幹比古，被一名不知道姓名的學姊斥責。

幹比古連忙起身，原本想直接出去，卻回頭到鞋櫃穿上自己的鞋，幫雙腳只穿內搭褲跑出去的美月拿了一雙公用涼鞋，衝到星空底下尋找那個已經消失的背影。

今天是週日，但達也非得前往學校不可。

並不是要上輔導課。距離論文競賽只剩一週，當然要繼續準備。

不過，騎著心愛大型電動機車的他，行駛於和學校完全反方向的路上。身穿同款騎士服的妹妹，纖細的手穩穩環抱他的腰，柔軟的雙峰緊緊貼著他的背。

他們不是要去約會。

也不是單純的兜風。

兩人的目的地是ＦＬＴ的研究室，目的是聽從八雲的建議歸還聖遺物樣本。雖說是歸還，但不是還給總公司研究室，而是他以托拉斯．西爾弗身分活動的開發第三課。他也預計在那裡進行分析工程。這部分已在接管聖遺物時硬是得到小百合同意，所以（應該）毫無問題。

之所以沒有搭乘大眾交通工具，是為了提防再度受襲。

全速騎車約一個小時就能抵達研究室，搭乘大眾交通工具將會繞一大段遠路，所以騎車快得多。達也的身體經過鍛鍊，深雪隨意就能控制慣性，因此這段路程沒有遠到需要中途休息，但達也在離開市區時，將機車停在一間早晨就營業的咖啡廳。
達也催促感到疑惑的深雪進入店內，坐在窗邊座位。點了飲料後（兩人剛在家吃過早餐），他才終於回答妹妹。
「我們被跟蹤了。」
達也雙手手肘撐在桌面，以交握的手遮住嘴角輕聲告知。
「啊？」
深雪千鈞一髮之際成功控制音量。
「我沒發現……是車子？還是和我們一樣騎機車？」
她探出上半身，輕聲詢問哥哥。
女服務生紅著臉注視深雪與達也兩人而別過頭去，換句話說就是裝作沒看見。但深雪沒有餘力計較原因（應該說她根本沒察覺自己的行動可疑）。
「是烏鴉。」
達也簡潔回答，深雪「啊？」地睜大雙眼，延遲片刻才聽懂意義。
「……是使魔……？」
「對，而且是合成體。」
偽裝成鳥類或動物的監視系統有好幾種，例如機器鳥或機器動物、在鳥類或動物體內安裝機械、以古式魔法操縱鳥類或動物，或是利用鳥類或動物形態的合成體。

所謂的「合成體」，是將靈能量暫時賦予實體而成的東西。

雖說賦予實體，也只是表面看似如此。實際上是以想子粒子聚合物為基礎，以控制光線反射的幻影魔法製作外型，再以干涉物質的加重魔法、加速魔法、移動魔法或是能夠帶來相同效果的力場，偽造成看似擁有軀體的模樣。

乍看之下，製作合成體是浪費精力的做法，不過創造這種看得見又摸得到的術式作用媒介有種優勢，就是易於以意念下指令變更術式動作。

「……看來不是國內的術士。到底是哪裡的魔法師？」

使用合成體的魔法只限定於古式魔法。「合成體」這個名稱，是現代魔法研究家分析古式魔法時所命名的。

而且如深雪所說，使用合成體使魔的術式，在這個國家已成為歷史。古式魔法使用的使魔，也是以不具實體為主流，應該說幾乎都是如此。

達也等送上咖啡與奶茶的女服務生離開之後才開口。他在這段等待時間像是默默注視深雪，使得店員更加誤會，但他沒有敏感到察覺這一點，也沒有細膩到會去注意這種事。

「我沒辦法查出真面目。不過若是幹比古或許能辨別。」

達也將兩人的杯子移到旁邊，握住深雪的手。

此時傳來一陣無聲的騷動，兩人總算察覺眾人以何種眼光看他們。感覺這時候害羞地收手就輸了，何況握手是必要動作。因此妹妹露出被誤解也在所難免的表情，達也則是努力以正經表情（不過對旁觀者完全是反效果）對她低語。

「就這樣讓它跟到研究室也不太好。」

「……………」

「深雪？」

「咦，啊，嗯，說得也是。」

妹妹依然雙眼水亮、心不在焉。達也莫名想抱頭苦惱，但還是以氣力制服這股衝動。

「合成體的座標在這裡。」

達也將自己「看見」的合成體座標轉換成想子訊號，透過相握的手傳入深雪體內精神深處，位於潛意識底下的魔法演算領域。

魔法師發動魔法時，會將改寫對象的座標當成變數，輸入魔法演算領域。這個變數是魔法師各自將內心的想像化為記號，一般來說無法和其他魔法師互通。不過，透過四葉家特殊的魔法技術，達也與深雪被打造成透過身體接觸，就能將內心想像化為想子訊號相互傳輸。

「深雪，由妳打下來。」

簡短的命令。

這句話終究讓深雪的表情也恢復緊繃。

「……我明白了。」

深雪猶豫片刻之後，點頭回應哥哥。

她原本就沒有「違背達也命令」這個選項。

之所以還是會稍微躊躇，是因為魔法狙擊屬於哥哥擅長的領域，深雪自覺狙擊的功力沒有哥哥那麼高明。

「我不希望自己的能力在這種狀況曝光。如果使用魔法演算模擬器，合成體就會在我準備CAD的時候逃走。深雪，靠妳了。」

「好的！」

深雪臉上充滿小小的興奮。聽到哥哥如此拜託，她不可能不士氣高昂。

深雪右手就這麼和達也左手十指相扣，微微地縮回上半身，低下了頭——這個動作看似少女嬌羞的模樣，成為絕佳障眼法，對兄妹來說應該很諷刺——深雪以女服務生看不到的左手，悄悄地迅速取出CAD操作。

她發動魔法不會有時間延遲。

達也的「視力」捕捉到使魔身體瞬間結冰，維持虛假身體的術式同時凍結，構成合成體的想子粒子逐漸擴散的光景。

「總覺得不上不下……」

「咦？什麼意思？」

達也這句細語，使得人在後座的深雪發問。她的雙手依然緊緊環抱著哥哥的腰，胸部與臉貼著哥哥的背。

在咖啡廳漂亮地擊潰跟蹤而來的使魔，盡情得到哥哥稱讚的深雪心情愉悅，經由近距離無線電解碼的聲音也是開心清脆。

客觀對照現狀來看，這個態度頗為冒失，不過現場沒人指責這一點。她交談的對象沒有指責她，只有回答她的疑問。

「跟蹤我們的只有那一個，而且是遙控術式。小百合阿姨上次遇襲，今天我被跟蹤，可以確定某人覬覦瓊勾玉。最近在周遭出沒觀望的傢伙們，應該也有一部分是衝著聖遺物而來。即使如此，我覺得對方想搶的執著不夠強烈。」

「是因為哥哥防守固若金湯吧？只為了二級聖遺物就要和哥哥為敵，風險太大了。」

深雪的回答一如往常，是戀兄濾鏡自動運作，基於強烈主觀的反射動作。

（原來如此，風險與報酬嗎……）

深雪不經意的這句回應，卻令達也覺得捕捉到本次一連串事件的本質一角。

◇　◇　◇

陳收到「跟蹤使魔被消滅」的報告之後愁眉苦臉。他原本就不贊成從無法掌控（別說對方，連己方都無法掌控）的位置，以遙控術式監視的消極做法。而且術式不過短短十五分鐘就被發現而破解，這種粗糙的結果不禁令他感到不悅。

（這樣只會讓對方提高警覺吧！）

陳知道怒罵無濟於事，只會令部下畏縮，因此他沒有說出口，卻無法隱藏火爆氣息。

「所以，知道司波達也的去向了嗎？」

「推測是要前往ＦＬＴ開發第三課的研究室。」

回答陳這個問題的部下，看起來緊張到無謂的程度。感覺他只回答必要最底限又不傷和氣的情報，以免激怒長官。

「預定多久會到？」

「推測約四十分鐘後。」

所以陳必須連這種細節都逐一詢問。

「指示網路部隊，配合預計抵達的時間，攻擊ＦＬＴ研究室。」

陳放棄做出貼心的回應，做出下一步指示。

◇ ◇ ◇

ＦＬＴ總公司技術人員以「西爾弗隊長及其黨羽」這種難以判斷是蔑視或嫉妒的方式稱呼的開發第三課研究室，今天早上籠罩著不同於以往的喧囂。

「——在拖拖拉拉煩惱之前，快給我斷線！備份？這東西以現有的部分就夠了吧！」

「十號機組斷線完成。再度連線。」

「蠢蛋！對方還在入侵，哪有人這時候擅自重新連線啊！」

「好，確定入侵路徑了！」

「啟動反擊程式！」

達也在管制室入口聽到交錯的怒罵聲，就大致掌握現狀。

「啊，少爺！」

兄妹倆站在門口約一分鐘，達也的優秀搭檔牛山才終於發現他們（順帶一提，說到這個搭檔多麼「優秀」，他短短兩週就依照達也要求完成「飛行演算裝置」的硬體，達也基於玩心畫出設計圖的「小通連」，他半天就製作完成寄過來。牛山對達也就是抱持著此等「好意」）。

其他地方就算了，達也第一次在這裡被冷落十秒以上，換句話說事態非常緊急。

「不好意思！沒發現您大駕光臨……喂！是哪個脫線傢伙沒通知少爺會來啊！」

牛山以至今最大的音量怒罵，聲音震耳欲聾，完全不符合他細瘦的外型。

研究室內和終端裝置奮戰的人員，有一半被這個聲音嚇得縮起身子。

達也見狀變了臉色。

「別停手！繼續監視！」

「呃，是！」

達也以魄力不輸給牛山的聲音斥責，立刻有人回應。

眾人再度拚命和終端裝置奮戰，達也放心地移回視線一看，牛山不知為何畏縮起來。

「是駭客入侵嗎？」

牛山內心交錯著何種情感，達也正確來說不得而知，但是達也覺得——尤其牛山更是如此認為——討論這個話題不是愉快的事。

達也省去所有開場白，就是要避開這種狀況。

「嗯，算是吧……」

牛山回應得支支吾吾，卻似乎並沒有因為達也多管閒事而生氣。心想到底發生何事的達也沒等多久，牛山就開始說明。

「要說入侵確實是入侵……但狀況實在不對勁。入侵技術本身相當高明，卻完全不曉得對方想得到什麼資料。不像是特別鎖定哪個目標，感覺完全是不分青紅皂白胡亂進攻。」

「所以是把入侵當興趣的駭客？」

「我不認為是單人犯行。這種入侵手法，必須由不少人組織動員才做得到。要說對方是國家組織也不令人覺得奇怪。」

「即使如此，卻沒有明確的目的嗎……有沒有預測外洩的檔案清單？」

達也這個問題，是想知道這波乍看不分青紅皂白的入侵行為，是否隱藏某種規律。

「不，目前沒有檔案外洩。」

不過，牛山的回應卻令他深思。

「……對方入侵多久了？」

「約十分鐘左右。」

換句話說，是在達也即將抵達這裡時開始的——簡直像是算準了時機。花費這麼多時間卻只入侵伺服器，這種事態在達也眼中相當不自然。

「非法入侵停止了！」

「別輕忽大意！今天一整天都要維持現在的監視體制！……呃，恕我失禮，所以今天您有何貴幹呢？」

達也說明關於聖遺物的至今經緯、公司的目的以及他自己的目的，並且以意識裡的另一塊領域，整理最近身邊發生的一連串情報竊取未遂案件。

◇◇◇

「FLT發動反擊！」

「按照預定斷線！」

陳一聲令下之後，用來入侵的線路以「物理方式」切斷。陳注視這一幕，朝身旁待命的副官呂剛虎說話。

「你覺得對方會如何出招？」

「……不清楚。」

呂的態度很難說是面對長官的應有態度，但陳不以為意，如同自言自語般繼續說道：

「超過十分鐘都無法阻止非法入侵，司波達也應該會質疑研究室的保全能力。」

「確實如此。」

陳對副官的期待不是禮貌或拍馬屁，而是冷靜的判斷力與以及萬夫莫敵的戰鬥力。這兩個能力都不需要具備口才。

「即使司波達也他是FLT的相關人員，應該也不會將聖遺物寶玉寄放在保全能力不足的研究室裡頭吧。」

「依照邏輯判斷就是如此。」

「我知道你的意思。司波達也還是高中生，很有可能避免將明知有人覬覦的物品放在身邊。如果是這種狀況就另外擬定策略，從研究室取得資料就好。」

呂默默對陳這番話表達贊同之意。

「大概得請你出動了。」

「交給我吧。」

副官可靠的回應，使得陳大大地點頭，隨後像是不經意想到某件事般表情一變。

「這麼說來，周今天似乎去探視那個丫頭了。」

陳的語氣稱不上善意，隱約有種瞧不起人的印象。壓抑情緒都是這種程度，不難推測陳對周抱持何種想法。

即使如此，呂也沒有出言附和陳，只有移動目光等待長官做出下一個指示。

「先去解決掉。」

這道命令想必出乎呂的意料才是。做這種事會讓周姓青年顏面盡失，而陳有可能會失去寶貴的協助者。

「是。」

但呂剛虎的表情與話語都沒有質疑之意，只有出聲允諾受命。

◇　◇　◇

雖然是週日，終究不能穿便服到學校。某些普通科高中（文科高中與理科高中的總稱）允許穿便服上學，不過這在普通科高中也是少數派。

魔法科高中規定，無論是否要上課，到學校就要穿制服。

達也他們兄妹倆為了換衣服，先行回家一趟。

返家一看，家裡電話有留言，是設定為禁止轉寄的留言。限制留言轉寄到行動終端裝置，是為了防止他人偷看訊息。換句話說，既然使用這個設定，就代表寄件人認為這段訊息要保密。

「哥哥，請問怎麼了？」

晚一步換好衣服的深雪，走向站在電話機前面的達也，就這樣看向螢幕。

「留言？是哪位……咦，平河學姊？」

深雪當然知道暗中妨礙未遂事件的來龍去脈。達也述說時，深雪完全沒有對平河姊妹表露同情之意，令人印象深刻。

「她要我回電。」

達也以留言內容回應深雪的自問自答，不等她開口就按下回撥鈕，鈴響一聲就接通了。

『喂，司波學弟？對不起，麻煩你特地回電……』

平河小春即使在九校戰代表隊裡，也是一開始就對達也友善的一人，不過未曾直接打交道。這名少女不喜歡對立，總是關心自己以外的人，和梓不同類型的「柔弱個性」相當顯眼。這份柔弱換個角度就可以形容為「溫柔」或「包容」。抱持這種看法的人或許比較多。

「別這麼說。我早上有一陣子不在家，我才要為太晚回電抱歉。」

現在時間對照一般上學時間有點晚。既然是假日，待在家裡也沒什麼好奇怪。但小春應該一直在等達也回電，鈴響一聲就接聽是最好的證據。

達也這邊的影像是關著的。即使視訊電話普及，也是技術上的變化，人們的情緒沒有變化，不會毫不介意就讓別人看到家裡的樣子，或是毫不猶豫讓任何人看到自己的家居穿著。有些家庭會打造專用電話室，但電話放在客廳的家庭，大多會依來電顯示開關影像。

小春的臉也沒有顯示在螢幕，畫面維持一片黑暗。

『別這麼說，是我請你回電……』

不過，光是聽她的聲音，就知道她以灰暗的表情低著頭。

『上次，那個……我妹妹為你添麻煩了，對不起。』

不對，或許不是「灰暗」，是「蒼白」的表情。

「那是未遂。後來沒造成什麼狀況，所以請不用擔心。我也不在意。」

這不是關心對方的安慰話語，完全是達也的真心話。

『可是，畢竟在各方面造成風波……光是忽然請司波學弟代打，就造成你很大的困擾了。由於我不中用，才害得那孩子做出天大的誤解。在這麼重要的時候擾亂你的情緒，光是這樣就不能說未遂。我能做的只有道歉……真的對不起。』

沒顯示影像的鏡頭另一邊，小春肯定深深地低下了頭。

她的聲音自然令人浮現這幅光景。

但達也的真心話是「妳道歉也不能怎麼樣……」。

他不希望對方道歉。聆聽這種冗長的自虐話語，甚至只會令他煩躁。

千秋所做的事，正確來說是「正要做的事」，達也打從心底不介意。

完全不當一回事。

「好的，看在平河學姊的面子上，我既往不咎。」

所以他說出這種違心的安慰（？），一心只想早點結束這通電話。

『……謝謝，我就知道司波學弟會這麼說。』

若她是看透達也內心而說出這句話，那實在是很了不起。不過這應該只是基於狀況恰巧的強烈誤解罷了。

「別這麼說……那就這樣了。」

『啊，等一下。』

達也認定平河放下心中大石，打算掛掉電話，看來太早下定論了。

「有什麼事嗎？」

他在各方面都不算悠哉，或許形容成「沒空」比較適當。

達也非得注意語氣，避免流露出不悅的情緒。

『那個，我不認為這麼做能成為賠禮……』

達也心想「又來了」，他打從心底希望對方別拉他一起跳入無限迴圈。

『也不曉得是否能幫上司波學弟的忙……』

幸好這是無謂的擔憂。

『我找到千秋和竊盜組織的交談紀錄。裡面也包含她的私人資料……但還是給你保管吧，請自由運用。那個，百忙之中打擾你，真的很對不起。謝謝你聽我說這些，再見。』

電話就這麼掛斷了。

而且不等達也回應。

「即使是姊妹，入侵電腦也是犯罪啊……」

達也看著放在保密資料夾的紀錄檔案夾圖示，輕聲說出原本想對小春說的話。

「哥哥，請問怎麼了？」

深雪大概是聽到達也的自言自語了。

她露出有些擔心的表情走回來。

「這下子該怎麼做呢……」

達也有點牛頭不對馬嘴地如此回應，思索小春這麼做的意圖。

她說這是當成賠禮。即使不是直接講明，但那種語氣沒有其他解釋。

而且也幾乎可以肯定她別有用意。

小春之所以入侵竊取妹妹的通訊紀錄，應該是想對付那些害妹妹步入歧途的歹徒。然而她無力應付，因此把情報洩漏給達也，希望達也代替她報復。達也以這樣的推理得出結論。

（該說她耍心機嗎……）

達也的人生經驗，還不足以令他想到「狡獪女人心」這種字眼，但他也沒有純真到會去避諱這份「狡獪」。

「……算了。既然派得上用場，那就拿來用吧。」

深雪露出不解的表情看過來。達也並未搭理她，直接撥打另一個電話號碼。

他也沒有自信能夠只以對方八成已經作廢的無線網路基地台紀錄檔為線索，就成功抓出網路上的狐狸。

不過，他知道有人做得到。

兩人一抵達學校就下起雨。達也與深雪都沒帶傘，幸好只有稍微淋到雨。而且深雪是獲准在校內隨身攜帶CAD的學生會幹部。藉由深雪的魔法，淋溼的衣服轉眼之間就乾得毫無痕跡。

然而——

「這種雨勢，應該沒辦法在戶外工作了……」

「只有這個問題真的無解。」

深雪眉頭深鎖，達也向她聳肩示意。

準備工作到目前為止很順利。在屋內工作難免有點擁擠，但應該不會來不及。

不過，如果只以達也的狀況來說，他今天本來就預定在機研的機庫內進行除錯工作，所以不受天氣影響。

「那我過去了。」

「好的，哥哥，請加油。」

得去學生會室處理工作的深雪，依依不捨地和達也道別。

◇　◇　◇

機研是「機器人研究社」的簡稱。機庫是他們製作、測試各種大小機器人或機械式動力裝備的小型實驗建築。

此處也安裝有控制機體的大型運算裝置。在論文競賽準備的期間當中，提供用來進行啟動式的除錯與術式模擬。

今天的工作就是啟動式除錯。鈴音與五十里要進行已完工的大型道具的運作測試，因此今天由達也獨自除錯。報告時的要角——電漿核融合示範機已經連接在運算裝置上。協助安裝的機研社員先行外出組裝其他機械，現在機庫裡的人類只有達也。

（是不是稍微遲到過頭了呢……？）

即使是沒有規定開工時間的假日，自己也太像姍姍來遲的高層長官了。達也露出苦笑。

「歡迎回來。」

機庫裡的「人類」只有達也，但他入內沒多久，就有一個「人影」出面迎接。

以黑色為基底，長到膝下十公分的蓬袖連身裙，配上白色荷葉邊圍裙、白褲襪與黑淺口鞋，頭上也是荷葉邊頭飾。

（真是的，這品味還真好……）

「我是一年E班司波達也。」

達也掛著苦笑，簡短地報上身分。

出面迎接的「少女」以直立姿勢暫停半秒左右，接著深深鞠躬。

剛才的暫停是進行聲紋認證所需的時間。

經過臉部認證與聲紋認證，達也總算通過這個機庫的安全審核。

「為您，準備咖啡。」

語氣和動作有點生硬。

不過，這種「誤差」是必須細心觀察才會發現的程度。

她的名字是「3H式P94（3HPersonal Use九四年型）」，機研依照型號簡稱「琵庫希」。

（註：日文發音P94同琵庫希）

這名「少女」的真實身分，是隸屬於機器人研究社的Humanoid Home Helper，通稱3H的人型家事輔助機械。聽說這一屆的機研三年級學生，有人是HAR知名製造商的相關人員，因此以改良AI為目的借來測試。

3H的外表通常設定為二十五至三十歲的女性，不過這具個體設定為十五至二十歲的外型，以免在校內過於突兀。

確實，若是讓琵庫希穿上一高的制服混入教室，只要默默坐著就很像「面無表情的女學生」。也可加上「冰山美人」這種形容詞——不過這種執著，在穿上侍女服時就搞砸了。

達也剛開始為了準備論文競賽而進出此處時，這具「侍女機器人」的迎接令他驚訝又愕然，但現在只會覺得這套服裝有點突兀而已。

達也坐在操控臺前面開啟終端裝置時，一個咖啡杯隨著小小的碰撞聲放在邊桌。

（看來機械手臂的控制軟體有改良餘地……）

閃過這個念頭的達也拿起咖啡杯，喝一口之後覺得還不錯而點頭。

最新型３Ｈ的琵庫希具備自動客製化功能，只要經過臉部認證系統識別，就可以學習該使用者的嗜好，儲存人數最多可以達到五十人。能在達也開口之前就送上符合他口味的咖啡，就是基於這項功能。

「琵庫希，進入待命模式。」

達也將咖啡杯放回邊桌，向身後隨侍的３Ｈ下令。會這麼做是因為，即使知道是機器人，如此酷似人類的物體站在身後，依然令他不自在。

「遵命。」

這種制式字句的發音很流利。

Ｐ94以不像是機械的平順動作行禮致意，走向入口旁邊的椅子。

隨後坐下挺直上半身，就這樣動也不動。

3H的動力來自直接甲醇燃料電池，擁有自行補給甲醇功能（具體來說就是用喝的），所以使用者不太需要注意燃料問題。

不過，因為完全沒必要浪費燃料，而且光是站著就會耗電（以雙腳站立就是一種高階運動），所以沒事的時候會讓琵庫希這樣坐著。順帶一提，即使是閉上眼睛停止動作的現在，感應裝置依然運作中。尤其機研用來測試的這具個體，是強化居家保全功能的特別版本。看似閉上的眼皮，其實也是以透光材料製作。所以達也依然處於「被酷似人類的物體注視」的狀態，但他並沒有這麼神經質。

達也輕輕轉頭活動關節（沒什麼特別的意義），將手指放在鍵盤上。

接著開始演奏輕快的敲鍵聲（不過是以電子合成聲取代）。

他將左手離開鍵盤，放在珍珠色的控制板。這是示範機所安裝的大型CAD和術士通訊的介面。術士從這塊控制板輸入形成啟動式所需的想子，再從CAD接收建構完成的啟動式。

以右手輸入指令，讓CAD逐步運作，以左手接收逐一按照工序形成的啟動式，轉換成魔法式傳送（不過魔法式並非以物理接觸方式傳送）。

他正在模擬魔法式的運作。

按照一般程序，應該是把分成各階段的魔法式，全部在尚未完成的階段解除，觀察改寫事象時的反作用力徵兆，檢查是否得到意料中的結果。

達也表面上是有按照這個程序進行，不過實際上卻是以「眼」直接觀察魔法式的運作狀況來進行檢查。

他開發魔法的效率高到異常，就是多虧利用「視認情報體的眼睛（精靈之眼）」這項祕技。站在魔法開發者的立場堪稱作弊——但他沒有老實到會在意這種事。

以肉眼注視螢幕，以心眼注視情報體次元。

開始工作至今約一小時。

忽然間，他覺得身體不適。

是睡魔忽然來襲了。

（太投入了嗎……）

如此心想的達也做個深呼吸，睡意卻更加強烈。

達也想起身到外面休息一下，然而——

手腳好沉重。

身體沒有清醒。

接受相當程度訓練的人，可以用意志力控制身體的睡意。如果處於熬夜好幾天的狀況自然另當別論，但達也不記得自己生活如此不規律。

危險訊號貫穿了腦海。自己的身體明顯地、不自然地處於異常狀況。

【身體機能　異常降低】

睡眠狀態本身不會影響戰鬥能力。

但是，無法以己身意志清醒的強制睡眠，是妨礙戰鬥的要素。

【自我修復術式：半自動啟動】

自我修復能力認定需要修復。

【魔法式：載入】

【核心個別情報體資料：由備份系統讀取】

開始處理。

【修復：開始……完成】

他的身體瞬間恢復為「睡意纏身前的狀態」。

但問題還沒解決。

離家之後進食的東西，包括前往研究室途中喝的咖啡，以及琵庫希剛才泡的咖啡。達也飲用之前都「看過」確認沒有混入有害藥物，所以下毒的可能性在於——

（是毒氣嗎！）

應該是空調系統被動了手腳。

達也實際連線至室內情報，確認到室內空氣中混入了毒性低、持續時間短，卻能立即見效的催眠毒氣。

然而，接下來就無從應對。

他可以使用「分解」，輕易將毒氣轉變為無害氣體。

但現在校內各處都有觀測魔法的機器在運作，要是以整個寬敞機庫的內部空間為對象發動了「分解」，他非得保密的魔法保證會曝光。

如果是深雪、穗香或雫的話，或許可以只分離有害毒氣排到室外，但是這項技術對達也來說難度有點高。

總之，暫時停止呼吸也有極限。

達也現在能做的只有逃離現場。示範機維持現狀也不成問題，因此達也鎖定演算裝置，起身轉向機庫出入口。

然而在這之前，一個嬌細的人影擋住去路。

站在達也面前的人影，將手伸向他的嘴邊。

動作不快，因此達也有餘力看清這個人影的身分。

「她」的手在即將碰到達也臉部時停止。

「空調系統，出現異常，請使用口罩。」

Humanoid Home Helper type P-94，名為琵庫希的少女型機器人，遞出簡易防毒口罩。

乍看是傳統不織布的免洗防塵口罩，卻是夾入了膠狀濾網，將大於二氧化碳的分子隔絕在外（氧分子當然能穿透）的高機能材質。只要以膠條緊貼臉部外緣，直到濾網阻塞到難以呼吸之前，都可以幾乎完全阻絕毒氣。

居然連這種東西都有……如此心想的達也乖乖戴上口罩，接著琵庫希要求閉上眼睛。

「角膜，恐怕會，遭受汙染。牽著我，由我帶領，前往室外。」

語言軟體也有需要改良的地方，不過可以明確聽懂意思。

這具最新型3H——P94，看來還有加裝防災功能，也可能是機研「培育」的成果。

達也知道這種催眠毒氣不會傷害眼睛。

即使如此，還是依照建議閉上眼睛。

但他沒有出去。

「琵庫希，開啟強制換氣裝置。我要留在這裡提防避難時的二度災害。妳以監視模式待命，禁止阻擋外人進入，以備他人入內救助。」

ＰＸ94受理了達也接連下達的命令。

「避免二度災害的措施，認定，合理。啟動，強制換氣裝置。」

和空調系統不同體系的防災強制換氣系統開始啟動。

３Ｈ的本分，是以語音對話介面提供家庭自動化功能。以小型燃料電池為動力的雙腳直立型骨架，不適合做粗活。受到人型的限制，能搭載的感應裝置也有限，無法進行過度精密的工作。

３Ｈ的開發概念，不是讓每具機器人具備超越操作者力氣或精度的勞動力，而是讓人類毫無壓力地使用家庭自動化功能的介面。ＨＡＲ的遙控終端裝置能辨識語音，和人類做出相同動作，外表也和人類相同。彌補ＨＡＲ處理不到的細節而增設的獨立家事功能，只不過是附屬品。

但因為這些附屬功能實在頗為優秀，人們容易忘記ＨＡＲ介面原本的用途。

達也無法置身事外。

他自己也同樣直到剛才都忘記了這一點。

（太方便也是有好有壞……）

達也心中輕聲說著只像不服輸或遮羞的這種話，等待催眠毒氣排出。

考量到3H的功能，空調系統應該也正同時復原。

達也重新坐回終端裝置前面，取下口罩閉著眼睛放鬆全身，以免驚動等一下前來確認他「熟睡」模樣的人物。

等待對象很快就來了。

毒氣清除之後，依然閉眼坐著、提高警覺的達也，在某人躡手躡腳進入時立刻察覺。

之所以會預先命令琵庫希停止門禁審核，就是刻意讓他人能悄悄潛入，要是沒人進來反而有違達也期待。

「司波？」

是耳熟的高年級學生聲音。

對方大概是在確認達也是否熟睡，假設醒著也還能講藉口解釋，不過在這時候進入這個機庫就是不自然的行徑，這種假惺惺的演技可說是不上不下。

達也當然繼續裝睡。

「司波，你睡著了？」

入侵者再度詢問達也。確定他毫無反應之後，入侵者做出尋找東西的動作，但其視線立刻固定在示範機上頭。之所以不朝終端裝置下手，可能是看到系統鎖定而早早放棄，或是一開始就想直接抽取資料。

入侵者不知道達也正微微張開眼睛觀察，也不知道處於監視模式的琵庫希正在錄影，拿出入侵工具連結在副螢幕插座，努力要抽取魔法式資料。

「關本學長，您在做什麼？」

此時，門口忽然傳來聲音，入侵者猛然顫抖，慌張地轉過了身去。

（到此為止了嗎……）

達也在心中說出這句話，是在惋惜這場歡樂的獨角戲早早落幕，不過當事者們（包含中斷者與被中斷者）和這種壞心眼的娛樂完全搭不上關係。

「千代田，妳為什麼在這裡？」

「為什麼？我來這裡是因為收到保全系統的空調裝置異常警報。我才要問關本學長，您為什麼會來這裡？您手上的東西是什麼？」

「怎麼可能……我應該早就關掉了警報才對啊……」

不曉得是完全亂了分寸，還是極端地不會應付意料之外的狀況，關本嚴重地說溜嘴，於是花音狠狠瞪向他。

「這個嘛，因為我收到的不是自動警報，而是手動警報。」

發出警報的不是達也，是琵庫希。這是機械自行判斷所採取的行動，所以也算是一種「自動」，不過花音無須知道這種事。比起這個——

「不過，您剛才那句話，我不能當作沒聽到。」

關本不小心招供的內容比較重要。

「『關掉警報』是怎麼回事？」

罪犯並非總是保持理性又採取合理的行動，反而會在犯罪時因為過度緊張，犯下平常不可能會犯的簡單疏失。

所以只能在事後辦案的調查當局，在數小時甚至數天之後，依然能找到線索查出嫌犯。但是現在的關本，真的被罪犯經常落入的心理陷阱絆到腳而即將淒慘地跌倒。

「關本學長，在這種狀況不說話，等於坦承自己是罪犯。」

花音充分壓抑語氣，因此更加感覺到她的認真程度。

花音像是示威般把左手舉到胸前。

ＣＡＤ處於運作狀態。

注入的想子已經足以立刻展開啟動式。

不是比賽、不是訓練、不是玩笑，而是百家主流──千代田一族的直系後代，認真無比的備戰態勢──

「哈哈，千代田，這玩笑開大了。我是罪犯？到底是哪方面的罪犯？」

關本誇張地乾笑，試著把這番追問瞞混過去。如果身後有許多人附和還很難說，但這種手法在一對一時不可能管用。

「你是對空調系統動手腳，釋放催眠毒氣的真凶。也是產學間諜現行犯。」

「千代田，妳太沒禮貌了！我只是在備份資料避免意外毀損。」

「用入侵工具備份？怎麼可能會有這種事情。對吧，司波學弟？」

關本愕然地轉身，面露苦笑的達也站在他視線前方。

看來花音一眼就看穿達也裝睡。

「怎麼可能，毒氣無效嗎……」

「他不是可愛到光是催眠毒氣就能癱瘓的傢伙。」

花音的語氣要說高估也不具善意，達也的苦笑因此變得更加明顯。

「我不可愛是事實……不，除此之外也大致如委員長所說，不可能從示範機直接備份。何況也沒這個必要。」

組裝在示範機的ＣＡＤ，只負責記錄並展開啟動式，內部沒有編輯啟動式的功能。修改啟動式的工作，是在平時連接的運算裝置進行，備份檔案也儲存在運算裝置。

「關本學長，請不要太瞧不起我。我再怎麼不懂技術，至少也知道這種事。」

關本面對不悅地狠瞪而來的花音，發出「咕」的聲音緊咬牙關。

這是反駁論點（或逃跑藉口）用盡的證據，也是窮鼠齧貓的徵兆。

「關本動，取下ＣＡＤ放在地上。」

花音的語氣變了。

改為對罪犯勸降的語氣。

關本的回應則是……

「千代田！」

展開啟動式。

關本即使從二年級後半才加入，也是獲選為風紀委員的實力派。

發動魔法的過程行雲流水、毫不遲滯，讀取啟動式到構築魔法式的速度，比起九校戰代表選手也毫不遜色。

然而——

「……關本學長耍帥過頭了。」

關本沒能發動魔法，花音就以地板為媒介，施展振動系魔法剝奪他的意識。

發動魔法無須說出魔法名稱。

同樣的，也完全無須喊出目標名稱。

現代魔法的戰鬥是瞬間分勝負。

花音原本就已經先做好ＣＡＤ的準備，關本還加入高喊對方姓氏的無謂動作，當然更不可能先發制人了。

風紀委員會與社團聯盟應花音要求派遣的支援趕來，將關本帶到了學生指導室（別名「偵訊室」）過去。

這段時間，達也完全沒有插嘴或插手。

達也目送花音等所有人離開之後，朝待命狀態的Ｐ94說話。

「琵庫希，解除監視模式。把接到監視命令時直到現在的影音檔案儲存在記憶盒，然後將主檔給刪除掉。」

琵庫希是機研資產，達也沒有管理者權限。不過剛才這一幕的影片檔案，是以達也的命令記錄，所以達也擁有該記錄檔的管理者權限。

「遵命。檔案，複製到，記憶盒……複製完成。主檔，完全刪除。」

琵庫希依照權限，將記錄在己身的影音複製到記憶盒，再刪除己身的原始檔。

連花音也不知道的證據影像儲存完成之後，達也將記憶盒收進上衣口袋，再度命令少女型機器人待命。

◇ ◇ ◇

國立魔法大學附設立川醫院的會客時間，是從中午到晚間七點。現在時間是下午四點多，所以在這個時間，一名捧著花束的西裝青年穿越走廊也不奇怪。而且這名青年如同貴公子一般，他這樣的男性捧著花束也沒有突兀感。

不過，明明外貌與模樣引人注目，偶爾在走廊擦身而過的探病訪客或護理人員，完全沒有分神注意的樣子，真要說的話確實奇妙。

不曉得是來過好幾次，還是基於其他原因熟悉醫院構造，青年沒看導覽板，就以毫不迷惘的腳步「無聲無息地」前進。他不搭電梯，而是走樓梯來到四樓走廊，在這時候忽然停步。

青年的視線前方是一名高大男性的背影。青年對這個外型有印象。比他稍微年長卻依然能稱為青年的這名男性，站在某間病房門前。

周姓青年向高大男性的上司陳提過，今天要來探視在這裡住院的少女。陳當時不發一語，因此應該對這次的探視沒有異議。

周無視於陳的意圖如此解釋。因此如果有人要妨礙他探視，他即使進一步做出妨礙舉動，和陳之間也不會造成任何問題。

周姓青年若無其事，毫不猶豫地按下緊急警報按鈕。

青年還在從三樓通往四樓的時候，一對男女來到醫院大廳。男性名為千葉修次，女性名為渡邊摩利。他們是盡享天才劍士之名的千葉家二兒子，和魔法大學附設第一高中前任風紀委員長組成的情侶檔。

「修。」

摩利平常總是以學妹崇拜的煥發英姿為註冊商標，不過今天可能因為是在戀人面前，因此洋溢著柔和的女性氣息。但摩利不只是在戀人面前自然地醞釀出嬌羞模樣，臉上同時還掛著過意不去的表情。

「那個……抱歉，百忙之中還麻煩你陪我做這種事。」

摩利此行是要以探視為名義，對住在這間醫院的平河千秋進行偵訊。她認為這始終是第一高中的問題，所以才會出言道歉。

不過，聽到這番話的修次，以深表遺憾的表情俯視摩利。

「妳真見外，不用在意這種事。」

「但你明天清晨要出海吧？明明還要準備……」

「雖說是航海訓練，主角是操艦科與砲科那些人，我們的主要任務是後續的海外研修。到時應該得做苦力，但我很慣於活動身體。」

修次以詼諧語氣半開玩笑地回應，使得摩利微展愁眉。

「這次是在關島進行聯合搶灘訓練？」

「對。和上次去泰國的時候不一樣，是共計十天的短期研修。行李也沒什麼大不了，所以妳不用擔心。」

修次說完向摩利一笑。

「……還在意什麼事嗎？」

不過，摩利回應的笑容依然殘留顧忌的神色，修次見狀如此詢問。

「……艾莉卡。」

猶豫是否該說出來，使得講起話來支支吾吾……摩利是以這樣的語氣回答。

「艾莉卡？」

至於修次的聲音，帶著「完全超乎預料」的困惑色彩。

「……修長時間不在家的前一天，總是會指導艾莉卡練武吧？今天不用嗎？」

摩利這個問題，使得修次臉上被掃興加上不悅的複雜表情占據。

「艾莉卡在和同班同學練武。那個傢伙頗有看頭，艾莉卡應該也樂在其中吧。」

「同班同學？男生？」

摩利不經意地脫口而出的詢問，得到語氣強到超乎預料的回答。

「只是『普通朋友』，肯定沒錯。」

「……………」

摩利不發一語，抬頭注視修次。

修次刻意輕咳回應。

「修？」

「所以不用在意艾莉卡。最重要的是我想和妳在一起，妳完全不用在意。」

「這……這麼難為情的話用不著說出來。」

攻守忽然互換。吐槽的一方忽然被吐槽，會出乎意料地難以招架。摩利直到風紀委員長職務交棒，都不斷對達也說風涼話，試圖弄亂他的分寸，如今卻慘遭修次露骨的甜言蜜語擊沉。

成功捉弄小情人的修次鬆一口氣，但他放鬆的神經立刻面臨更強的緊張感。

警鈴忽然響起。

「修？」

處於意亂情迷模式的摩利，也切換表情仰望修次。

「不是火警，是暴對警報。」

也就是暴力行為對策警報。這是避免暴力及犯罪行為波及第三者的警報，同時也是徵人協助維持治安的暗號。

「地點是四樓。」

修次迅速地從牆上告示板解讀警報細節。

「四樓？」

「難道摩利那個學妹的病房也在四樓？」

摩利露出的嚴肅表情，使得修次理解到不能置身事外。

「走吧！」

摩利點頭回應，修次不給她時間猶豫可能受到波及，甚至像是拉著她衝上階梯。

忽然響起警報聲，但呂剛虎不為所動，朝病房門把伸出手。他已經預先確認目標對象住在這間病房，有自信在警備人員到來之前迅速解決那個小丫頭。

呂用力拉門把之後露出疑惑表情。房門鎖著。依照他的常識，響起火災警報時會打開所有門鎖，以免妨礙逃生。難道是門鎖系統故障了嗎？呂之所以會有這種想法，是因為他沒有暴對警報的相關知識。

些許的文化差異，引發些許的時間延遲。呂原本就打算破壞門鎖入內，卻因為響起警報聲，以為門鎖會自動打開，因而在依然上鎖的門前遲疑。呂沒花多久就再度下定決心破門而入，但是這段時間容許了預料之外的他人介入。

門把發出響亮聲音而被拆除的下一瞬間……

「什麼人！」

某個聲音如此詢問呂。

修次以千葉家的拿手絕活——自我加速術式一鼓作氣衝上階梯後，目擊比他稍微年長的魁梧青年破壞門鎖的場面。

他反射性地大喊「什麼人」，不過在大喊時，已經從記憶裡取出答案。

洋溢著危險氣息，令人全身寒毛倒豎的這名男子是——

「食人虎……呂剛虎！你為什麼會在這裡？」

千葉家是魔法近戰技術的權威，身為千葉家一分子的修次，非常熟悉這個人的長相與姓名。

對方在近距離對人戰鬥的實力，號稱放眼世界也屈指可數，是大亞聯軍特殊作戰部隊的近戰魔法師。由於兩人年紀相近，經常有人討論他和千葉修次誰比較強，而且大多會從凶暴層面——令對方恐懼畏縮的「別名」層面，做出呂剛虎略勝一籌的結論。

「幻刀鬼——千葉修次。」

面向這裡的呂剛虎輕聲說著。無疑是「幻影刀」修次的別名，以及修次自己的姓名。

兩人視線交錯的下一秒，兩大高手開戰。

修次從懷裡取出長約二十公分的短棒，按下前端附近的按鈕，十五公分長的刀刃隨著「啪」的清脆聲響彈出。

另一方面，呂剛虎手無寸鐵。面對修次手中的短刀，也毫不畏懼地筆直衝來。

兩人拉近到大刀間距的瞬間，修次舉高的右手往下揮。

這是短刀砍不到的距離，但呂依然將左手舉到頭頂。

短刀延伸的直線和高舉左手的交叉點，響起「鏗」的沉重聲響。

這招是加重系魔法——「壓斬」。為沿著細棍或鐵絲產生極細的排斥力場，將接觸物體割斷的近戰術式。

修次只以當成起點的短刀為基準，在一無所有的空中製造這種力場。

若是這種技術值得驚奇，呂空手擋下斥力之刃的招式也令人驚異。

鋼氣功——這是硬氣功的衍生型，華北的術士使用這個名稱。氣功不是魔法，是一種體術，鋼氣功則是以氣功術為基礎，發展成在皮膚表面展開一層堅硬勝過鋼鐵鎧甲的魔法。呂剛虎就是這種鋼氣功的第一把交椅。

斥力之刃被生體波動護壁擋住的修次，就這麼將右手向下揮。只要主動解除魔法，「壓斬」就會恢復為短刀的空揮。刀刃不受任何抵抗揮到腰部以下，修次接著迅速向上斜砍。

呂鋼虎以發動鋼氣功的右手打向右腋下，企圖格擋無形的這一刀。但他的右手並未受到任何抵抗。斥力之刃只出現徵兆就取消。

中斷尚未發動的魔法並非特殊技術。在複數魔法相互衝突時，術士必須藉由切斷干涉力，使得正要改寫個別情報體的魔法式失效，這甚至是團隊施展魔法時的必備技能。

不過，在魔法發動途中瞬間取消魔法的難度完全不同。即使一開始就不打算改寫事象，而是只輸出魔法式，魔法式也會在通過閘門（位於意識領域最底層暨潛意識領域最上層，連結人類精神與情報體次元的門）的瞬間消散。發動魔法的徵兆沒出現，就無法騙過對手，想刻意中途取消魔法，就要以認真發動魔法的念頭投射魔法式，並且在發動結束之前阻止。這必須具備瞬間切換意識的能力。

做好準備迎擊這一刀的呂，因為斥力之刃成為虛招，導致身體往右傾。修次立刻施展斜向劈下的「壓斬」，無形之刃朝著呂的脖子右側砍入。

再度響起「喀！」的沉重聲響。沒有濺出血花，呂的身體是「仰躺」而下。呂鋼虎是扭身從正面接住修次這一刀。背對地面落下的呂，順勢以背後為軸心旋轉踢向修次。修次向後跳躲開這

一腳，呂趁著間距拉開而立刻起身。

兩人的對決並非重新來過。從剛才的衝突明顯可以知道，若是互探間距的狀況，將是修次占優勢。呂鋼虎沒有愚蠢到刻意在對方有利的情境交戰，他一起身就一個箭步向前伸出手。

修次朝著呂伸直的右手揮下短刀，十五公分的刀刃卻被手臂纏繞的螺旋力場彈開。這也是中華傳統武術的技法之一，驅動全身筋骨製造螺旋力道傳送到出招部位，攻防合一的招式——「纏絲勁」發展而成的魔法技術。

修次的身體如同隨波逐流的樹葉輕盈飄動，維持著躲開呂這記突擊的姿勢退到窗邊。

呂立刻繼續進逼，修次全身側移避開這一指，大幅拉開距離。但是呂不給修次恢復架式的時間，雙手化為拳、掌、熊爪等各種形態，加上手肘、肩膀與衝撞，以怒濤般的氣勢不斷進攻。修次無暇使用壓斬就節節後退。不過，修次即使承受此等連續攻擊，尚未著實被任何一招命中。從呂的臉上看不出鬥志以外的情感，但無法斷言他內心毫不焦慮。他的攻擊節奏逐漸加快，每一招的威力也相對減弱。

修次用盡漫長的走廊空間背對牆壁，呂以如同風車旋轉的手臂揮擊。修次以右手手刀迎擊呂往下揮的右手。他的右手沒握武器。呂的臉上首次浮現動搖神色。

這是劍道的拆招技巧「打落」。修次的手刀使得呂的攻擊軌道偏移。呂的身體大幅往前傾，修次剛才右手所握的短刀已經移到左手。

修次的刀刃不是砍向呂毫無防備地露出的後腦杓，而是側腹。企圖順勢前翻的呂，身體正是以腹部為軸心，無法躲開修次這一刀。但他還是勉強扭動身體，避免刀刃深深刺入內臟。短刀就這麼深深劃過呂的側腹而出。

呂以倒立狀態踢向修次頭部，修次後退一步避開。呂從前翻改為側翻，踩在空間不足以站立的死路牆上，在下一瞬間蹬牆撲向修次。

手腕併攏、張開十指的雙手宛如猛虎下顎，威力看起來也不比猛獸利牙遜色。被逮到可能整塊肉都會被挖掉，甚至連骨頭都被抽走。

修次在強烈的危機意識驅使之下，無懼於失衡的風險大幅扭身閃開。和獵物擦身而過的呂，跳躍力道沒有衰減，於修次兩公尺遠的位置著地，直接以雙手撐著地面轉向，再度襲擊修次。呂受傷之後，攻擊的氣勢與威力變得更強勁。這次輪到修次浮現焦慮神色。

呂要進行第四次突擊時，忽然中斷攻勢轉身，近乎反射性地採取閃躲行動。

兩道熱氣之刃射向呂，其真面目是隔熱壓縮而成的極細高溫空氣。呂的魁梧軀體鑽過雙刃之間，然而在下一瞬間，釋放的空氣化為衝擊波左右夾擊而來。

呂發出痛苦呻吟，同時縱身躍向走廊盡頭。他目的地的旁邊就是階梯。修次立刻上前追擊飛身逃走的呂，但呂眨眼間就消失無蹤。

「摩利……感謝相救。」

拯救修次脫離險境的是摩利的魔法。摩利並不是伺機而動，她一看到修次和呂交戰就立刻參戰。修次和呂的戰鬥就是如此緊湊。

「修，你受傷了……！」

趕過來的摩利，沒有回應修次這番慰勞的話語（應該是沒聽到）就變了臉色。她注視的修次右手腫得又紅又黑。

修次和呂的這場戰鬥，其實是兩敗俱傷。修次朝呂的臂擊施展「打落」時，右手大幅受創。側腹對右手，若是時間拉長就對修次有利，但如果是短時間決勝負，無法使用慣用手的修次，堪稱明顯處於劣勢。

「不用擔心。一開始需要請專業治療師施展魔法，不過後續我可以自己來處理。而且幸好這裡是醫院。」

「可是明天的出海……」

「這也不要緊。畢竟和那種對手交戰，應該可以視為公傷處理。」

修次的這番話，應該說他一如往常的這種語氣，使得摩利冷靜下來。她情緒穩定之後，內心冒出別的掛念。

「那個人……是誰？居然能在近戰和修打得平分秋色……」

修次的臉上出現迷惘神情，卻只有猶豫片刻。

「他叫作呂剛虎，是大亞聯盟正規軍特殊作戰部隊的魔法師。」

「呂剛虎……就是他啊……」

呂剛虎經常和千葉修次相提並論，摩利也很熟悉這個名字。

「摩利。」

修次忽然摟住摩利的肩膀，讓她面向自己。

「修，怎麼忽然這樣？」

摩利害羞地別過頭。

「摩利。」

不過，修次再度叫她的名字，非比尋常的語氣，使她換個表情看向正面。

「我明天非得出發。不能在這種時候陪著妳，我很擔心……」

「修，我明白。所以你想說什麼？」

「呂剛虎消失的前一刻，有看到妳的臉。呂剛虎應該已經將妳視為了敵人。」

摩利慎重地點頭回應修次這番話。她的眼中沒有恐懼，使修次更加擔憂。

「對方是別名『食人虎』的凶暴魔法師，實力也如妳剛才所見。所以在這段時間中，妳可千萬別落單。」

摩利原本想說他小題大做，但修次認真的目光，令她不得不吞回這句話。

因修次與摩利介入被迫撤退的呂剛虎，位於周姓青年駕駛的高級自用車副駕駛座。

「我這麼做是多管閒事嗎？」

穿過醫院大門時，周姓青年在駕駛座對呂這麼說。

呂毫無回應，筆直注視著正前方。

周看起來沒有被呂的態度影響心情，以無憂無慮的聲音繼續說話。

「話說回來，呂大人居然受傷，我嚇了一跳。」

即使是可以解釋為指責失態的這句話，呂依然面不改色。

「你用了遁甲術？」

他提到的，是周用來協助他逃走的法術。

「哎呀，見笑了。相較於陳閣下的高招，我這只是雕蟲小技，不足以讓各位過目。」

呂像是批判周暗藏一手的這番話，同樣沒有影響周的溫和笑容分毫。

◇　◇　◇

達也一返家就走向視訊電話機，撥打今天使用第二次的電話號碼。

『喂？』

年輕女性（不是少女）的聲音，編織出歷經兩個世紀依然不變的應答話語。現代電話不只是影像，傳輸的音質也明顯提升，但從隱約的雜訊，可知對方是以行動通訊終端裝置接聽。

「我是司波。」

『哎呀，居然一天打兩通電話給我，真難得。』

隨著這聲開朗的回應，畫面顯示出如同大公司的年輕女祕書一般，展露著溫柔微笑、無懈可擊的臉蛋。

這名女性平常總是刻意維持樸素不顯眼的模樣，不過像這樣正常地化妝打扮，就知道她具備平均以上的亮麗外型。

「不好意思，您在約會？」

『呵呵……』

打扮得符合夜晚繁華區的藤林，展露符合外表的嬌媚微笑。

『很遺憾，是工作。不過，我只有這種時候會受到愛泡妞的男生歡迎。是說沒有好男人，所以無妨就是了。』

語氣聽起來和平常不一樣，肯定是因為喝了酒。達也當然沒有不知死活，當面（即使隔著鏡頭）問她「您喝酒了吧？」這種不解風情的問題。

即使在採用自動車輛集中管制系統的都市區域，依然會重罰酒後開車的駕駛。正確來說，喝過酒坐在駕駛座就會受罰。按照社會觀念，駕駛除了必須處於能夠開車的狀態，還得維持正常的判斷能力與運動功能。

另一方面，藤林不可能在工作時使用普通車輛，應該是一如往常地出動那輛將資訊功能強化到極限的自用車。她坐在自己車上又喝了酒，無疑代表藤林以外的某人坐在駕駛座。

『唉～……哪裡找得到達也這樣帥氣的男生呢？』

不曉得藤林是否知道達也正在胡亂猜測（？），她露出更加嫵媚動人的表情說出這種話。語尾的「呢」還配上耐人尋味的秋波。

「這樣啊。其實我有件事想找您商量，等明天比較好嗎？」

達也完全無視於對方的玩笑話（他如此確信）如此回應，鏡頭另一邊的藤林甚至忘記挑逗，露出開心的笑容。

『真酷……不過，這樣才符合「最為自由者」的名號。』

「說我『最為自由』也太諷刺了……話說回來——」

『不用擔心，我「現在」身邊沒人。』

達也暗示自己擔心情報外洩，藤林搶先回應。

『所以講複雜的要事也沒關係。』

而且她催促達也說明用意。

「謝謝您。」

達也應付遙之類的對象可以維持自己步調，但面對藤林時總是會被牽著走。對於這種功力差距，達也以表情舉白旗投降，並且進入正題。

「其實，我今天在學校遭遇搶劫了。」

『搶劫？是今天早上找我商量的事情吧？終於來硬的了？』

「是的，對方使用了催眠毒氣。」

螢幕上的藤林瞪大眼睛展露「哎呀哎呀」的樣子。

「幸好只是未遂。」

『抱歉，因為我們硬是提出那種要求……』

「並非只有軍方要我肩負這項義務。」

藤林滿懷歉意地低頭謝罪，是因為達也的魔法指定為軍方機密而受限使用，使得達也被迫付出原本不必要的勞力。

這完全是事實，達也這番話才是藉口（四葉沒有選擇手段的良知），不過這種對話每次有事都會反覆上演，就像是讓交談更加圓滑的儀式一樣。

道歉與接受道歉的雙方，都完全不是真心這麼說。

「我將當時犯罪未遂的現場錄下來了。」

『哦……怎麼做的？』

如果想竊取情報就要關閉監視器，這是基礎中的基礎。要是做不到的話，打從一開始就不會在室內犯案吧。

「是使用了可獨立運作的保全終端裝置錄影。」

『啊，是3H吧。原來你有這種興趣。』

「不是那樣。地點是在機器人研究社的社辦，3H是那裡的設備。」

3H的外型過於精巧，有人抱持著「部分特殊嗜好人士專用物品」的偏見。知道這一點的達也，以「可獨立運作的保全終端裝置」打迷糊仗，卻對藤林不管用。

「這份錄影檔……」

達也感覺帶過話題反而會遭受不痛不癢的試探，因此強行切回正題。

「交給您保管，可以請您調查嗎？」

『拍到哪些東西了呢？』

藤林此時率直回應，反應她的好個性。

這種對應算是理所當然，不過個性好壞是和他人做比較。達也身邊的人際關係，使他不得不說藤林擁有「好個性」。

「拍到竊盜未遂犯以及他使用的工具。CAD遭受入侵的紀錄檔也附給您。」

『原來如此，達也的意思是我該去獵捕狐狸了。』

「我不認為自己講得這麼高姿態，不過內容如您所說。」

『不用在意。』

達也絲毫沒有露出在意的樣子，藤林刻意加重語氣如此回應。

個性真好。

『隊長也吩咐我該解決了。我用上次收到的紀錄檔就大致鎖定對象，所以這兩天就能抓到，等我的好消息吧。』

藤林沒有露出不服輸的樣子如此預告。

達也出言道謝之後不再多說，將資料傳送到藤林的終端裝置。

◇◇◇

藤林在自己車上和達也講完電話之後，朝剛才趕到車外的千葉壽和警部招手，請他回到副駕駛座——藤林即使喝了酒依然坐在駕駛座，這一點出乎達也預料。藤林終究也是怪胎集團——獨以壽和的角度，這樣的事態演變實在奇妙。他原本想和黑暗世界只有內行人知道的情報販子「洛提柏特店長」買線索，突破辦案的瓶頸。

如今他卻不知為何，和剛才在咖啡廳「洛提柏特」認識的妙齡美女共同行動。對方表明想求助，但壽和認為若真要說，得到協助的是他自己。他心中一角一直自問「為什麼會變成這樣？」卻依然沒得出答案。他持續對自己斷言絕對不是著迷於美色，事實上卻逐漸失去自信。

「千葉先生，不好意思，剛才是私人電話。」

「不，沒關係。」

壽和也配合藤林，身穿高尚的休閒套裝。警察的薪水少是從古至今沒變的悲哀事實，不過他有老家相關的警方公認外快進帳，所以手頭充裕。

「所以，私人線民提供了什麼情報呢？」

壽和維持著些許隨便又輕浮的氣息，以像是單手拿著雞尾酒杯的語氣如此詢問。藤林露出剛才面對達也時相同種類的開心笑容。

藤林非常歡迎這種長話短說的對象。藤林面對腦袋轉不快的傢伙就會煩躁，壽和聰明的機智個性深得她心。

「是素描，內容是被狐狸利用的可憐老鼠，以及借給老鼠的尾巴。」

「……是指共犯以及入侵工具的影像？」

這番說明果然還是令壽和表情困惑。他出言確認，藤林以「答得好」的笑容點頭回應。

「警部，您知道狩獵狐狸的最初步驟是什麼？」

接著她以不像開玩笑的認真目光投向副駕駛座詢問。

「不知道……很抱歉，我完全沒碰過槍……也沒有打獵的機會。」

年輕警部跟不上話題轉換，無法流利地回應。隱藏身分的菁英少尉收起笑容，以正經的表情主動告知答案。

「狩獵狐狸要先尋找巢穴。毀掉能逃回的巢穴，再以獵犬追捕躲在樹叢的狐狸。」

「……是要我們找出大本營？」

「我把協助歹徒的高中生影像給您，請由道路監視器查出他去過的地點。他擁有一般管道無法取得的硬體，想必曾經和其他人接觸過才是。」

不用說，沒有搜索票就調閱道路監視器影像辦案，當然是非法搜查。既然對方未成年，不可能輕易申請到搜索票，但壽和指摘的是另一個問題。

「就算要調查去過的地點，到底要調查何種程度的範圍與時間？一個人去過的地點，若以一兩個月的時間統計，要說是無數也不為過。要從中找出可疑的對象……」

「搜索地點是東京都內三十二個地點，請找出共犯這一個月去過的地方。」

藤林的回應使得壽和張大了嘴合不起來。

「三十二個地點……已經縮小到這種程度了嗎……」

「因為我掌握了其他共犯的資料，這部分警部您並不知情。我正覺得接下來很難有所突破，剛好就得到新的線索。」

壽和聽到這番話，眼神浮現責難的神色。

「……其他共犯？這件事為什麼沒……」

「當然是因為這名共犯是女生。」

這句不以為意的回應令壽和愕然。

「我不能讓前程似錦的女生列入警方黑名單。」

「……男生就沒關係嗎？」

「這是自己該負責的事情。」

壽和對藤林的斷言啞口無言。

「我是父權主義者，認為男性地位當然高於女性。相對的，男性必須嚴以律己，為自己所有的行動負責。」

藤林忽然以古典語氣述說這番對自己有利的話語，使得壽和頻頻打量她好一陣子。

◇ ◇ ◇

和狐群交手受傷的猛虎回到巢穴的時候，已經是過凌晨不久之後的事了（他們當然認定自己才是獵人）。

陳看到呂受傷回來，臉上浮現愕然的表情，卻沒有詢問負傷經緯。

他已經收到報告得知任務的執行過程。呂主張回來之前再去襲擊一次，陳駁回這個要求並且命他回來。他不想過問呂暗殺平河千秋失敗的責任。任務失敗的過程中，陳察覺周的動向特別可疑。要是這時候追究呂的責任，似乎會中了周的計。

「狀況改變了。」

更重要的是，如今發生更須優先處理的問題，而且需要呂的力量。

「我們在第一高中的協助者——關本動任務失敗，落入對方單位手中。目前收容於八王子特殊鑑別所。」

如果是醫院那就算了，特殊鑑別所是未成年魔法技能擁有者的拘留設施（取代拘留的監護措施），若是被收容於此，必須具備相當實力才能對這裡出手。而且關本和陳他們有直接接觸，相較於只和透過周來間接接觸的千秋，「處理」的優先順位完全不同。

「平河千秋之後再說，先解決關本動。」

「是。」

即使任務難度顯著提升，呂依然面不改色地回應，甚至看不到傷勢的痛楚。

◇◇◇

天亮之後，時間來到週一。

等待深雪走下電動車廂的達也，發現兩個同學一起坐在後方剛停車的第三個車廂。

並肩而坐的一對男女，大概是察覺他的視線，同時擺出「啊」的嘴型。

「哥哥，發生什麼有趣的事了嗎？」

以優雅的動作下車的深雪，看到哥哥的表情如此詢問，再沿著哥哥視線一看，像是覺得「天啊！」單手摀著嘴巴。

兄妹倆的視線前方，後方第三個電動車廂的擋風玻璃另一邊，艾莉卡與雷歐在那裡露出了尷尬生硬的客套笑容。

今天從車站到學校的上學路是四人同行。早上八人到齊的狀況非常罕見，不過只有四個人還是算比較少的情形。

真要說的話也是理所當然。

「……話說你們今天怎麼這麼早？」

雷歐以不悅的語氣詢問。

不過，雷歐心情不好完全是他的問題，達也並不是害怕被壞脾氣波及的膽小鬼。

「從今天算起終於只剩一週，從早上就有各種預定工作。」

現在時間比平常上學還早一小時以上。

「我才要問雷歐，怎麼這麼早？」

達也是因為下個週日就是論文比賽。客觀來看，雷歐這時出現在這裡比達也還奇怪。

「艾莉卡今天也好早起耶。」

達也朝著語塞的雷歐乘勝追擊之前，輪到深雪朝艾莉卡射出言語之箭。

「……我大致都很早起。」

話中毫無其他用意的深雪露出了清新的微笑，艾莉卡以怨恨表情簡單地回應之後，便加快腳步走向學校。

「是嗎？所以今天是西城同學早起？」

深雪如同自言自語的細語，使得艾莉卡忽然停步。她難以忍受被這麼說還直接走掉。

「等一下，深雪！別講得好像我每天早上去叫這個傢伙起床好嗎！」

「就是說啊！真要說的話，我比她早起床！」

然而，雷歐自找麻煩地說出的這番話，將艾莉卡的反擊搞砸。

「…………」

「…………」

「…………」

艾莉卡、達也、深雪默默互瞪（正確來說只有艾莉卡瞪人，達也與深雪都是撲克臉）。

「…………咦？這氣氛是怎樣？」

只有雷歐搞不懂（自己造成的）狀況。

「……你們為什麼不講話？」

艾莉卡語氣強硬，臉頰卻帶著紅暈，眼睛逐漸含淚。

「總之……算是早起的鳥兒有蟲吃吧。」

達也沒有殘忍到在這時候落井下石。

或者說，他笨拙到只能轉移話題。

在哥哥的身旁露出困惑笑容的深雪，以及依然歪著頭納悶不解的雷歐，就某方面來說成為一個很好的對比。

達也在即將上課時回到教室一看，美月正在拚命安撫鬧彆扭的艾莉卡。

「啊，達也。」

幹比古以求助般的聲音搭話。

雷歐一如往常反坐椅子，而且愁眉苦臉。

看來是美月失言，幹比古火上加油造成的結果。

達也輕易地掌握了狀況。

「艾莉卡，差不多該恢復心情了。」

達也朝著撇頭看旁邊的艾莉卡這麼說，以手上的金屬罐輕碰她的臉頰。

「好燙！」

艾莉卡如同驚弓之鳥般跳起來。

「你做什麼啦！」

「拿去。」

艾莉卡的攻擊性比平常增加約五成，達也讓熱可可罐滑到她手中。

「好燙！」

拿不住熱鐵罐而輕拋的艾莉卡，以異於剛才的音調說出相同的話（應該說發出相同聲音），困惑地看向達也。

「聽說喝甜的能安撫情緒。」

「……哼，別以為用這種東西就能打馬虎眼混過去。」

艾莉卡嘴裡這麼說，開罐飲用後的臉頰卻稍微放鬆。達也見狀愉快地瞇細雙眼。

「……什麼事？」

艾莉卡前來盤問，語氣還有點鬧彆扭，卻變得相當和緩。

「妳讓千葉一門總動員訓練雷歐，要讓他學習新魔法，對吧？我沒有做什麼下流的遐想，快恢復心情吧。」

這只是取悅艾莉卡的話語，效果卻超過達也期待。艾莉卡看他的目光化為純粹的驚訝。

「……難道達也同學有千里眼？」

「不，我沒有望遠透視的技能。只是雷歐氣力看起來大幅消耗，魔力卻相對活化。」

達也這裡所說的魔力，包含發動魔法時的想子活性，以及改變事象的干涉力。想子的活化程度會影響到魔法式的構築速度、精度與規模，但光是如此無法改變事象，必須配上改寫事象附屬情報的力量，魔法才會首度成形。

「慢著，就算你把氣力或魔力講得這麼理所當然……不對，事到如今不用多說了。」

雖說魔法師的知覺可以感受到想子，但如果要判別干涉力強弱，得具備相當程度的經驗。不過再怎麼為達也的反常行徑驚訝，艾莉卡也差不多覺得膩了——也只有艾莉卡這種個性能以「膩了」一語帶過。

「話說達也，聽說昨天發生大事了？」

幹比古以稍微鬆口氣的表情搭話，大概是判斷風暴總算平息。

「昨天？噢……你消息真靈通。」

達也之所以稍微停頓，並不是因為裝傻或賣關子。

平河千秋與關本勳的事，對他而言都已經是解決完畢的事件，所以無法立刻和「大事」這個詞連結起來。

既然藤林拍胸脯允諾「這兩天就能抓到」的話，達也就認為，情報竊取集團會在今明兩天遭到一網打盡是既定事項。

Electron Sorceress——「電子魔女」。

藤林響子享有的這個別名，不只代表她是擅長干涉電子、電波的魔法師，也是將資訊網玩弄於股掌之間的惡魔駭客稱號。

她自稱比起改變現實世界的事象，更擅長篡改資訊網。

如同達也可以讀取被時光洪流覆寫的過去事象情報，藤林響子的特殊技能是將磁氣、光學儲存裝置裡受到改寫或刪除的檔案重新構築，而且和達也不同之處在於沒有時間限制。相對的，該技能的極限，在於儲存裝置實際毀損就無法復原，不過組成全球網路的機器裝置裡，記錄特定情報的儲存裝置，不可能同時全部毀損。

換句話說，一旦目標對象在電子資訊網留下痕跡，她實際上可以追蹤到天涯海角。

達也的網路追緝能力就是由藤林所傳授，但達也覺得自己在這個領域一輩子比不上她。匹敵她的網路追蹤者，全世界大概不到五人。這就是達也對她的評價。

「總之，既然真凶落網，我覺得不用再擔心了。」

所以達也如此回應幹比古。

但艾莉卡或幹比古不知道藤林正在採取行動，所以當然不會就此認同。

「我覺得不能因為逮到下手的人就放心。」

艾莉卡如此抱怨（？）。

「畢竟應該不是單獨犯行，不曉得背後是何種組織撐腰……」

幹比古表達擔心之意。

「那要不要去問當事人？」

至今安分地聆聽對話的雷歐，以一如往常的悠哉態度如此表示。

沒這麼簡單。不提千秋，但關本在特殊鑑別所。不過雷歐這番話沒遭受慣例的吐槽。

「也對……應該去質詢當事人一次。」

平常負責吐槽的艾莉卡不同於以往，積極贊同這個提議。

「啊？可是艾莉卡，關本學長他……」

「他被關在特殊鑑別所，沒辦法輕易面會。」

美月吞吞吐吐的制止話語，由遭受反對的艾莉卡本人補充說明。當然，她並不是被美月阻止而改變了主意。

「但是並非完全沒有辦法，有必要的話也可以悄悄溜進去。」

「喂喂喂……」

達也怎麼說都不能當成沒聽到而插嘴。

「用不著這麼亂來，有學校的委任書就可以面會啊。關本學長依然是一高的學生。」

魔法訓練免不了發生意外，每年都有不少魔法科高中學生，在訓練時發生意外而失去魔法退學。反過來說正因如此，只要不是重大犯罪的實行犯，魔法科高中學生不會輕易被退學。關本企圖進行極為惡質的犯罪，不過是未遂，關本的處分要等到確認悔改程度才決定。正因為特殊鑑別所裡頭拘留的是擁有社會上罕見才能的人，只要是擔任確認悔改程度的代理人，即使是學生也能獲准辦理面會。

「咦～」

艾莉卡也並非不知道這件事。

「委任書實質上是由風紀委員長保管吧？」

艾莉卡有個不想依照正規程序的理由，才會忽然提議這種近乎犯罪的手段。

「比起潛入特殊鑑別所簡單。」

但達也堅決地駁回艾莉卡的任性提議。

於是到了放學後的風紀委員會總部。

「不行。」

達也申請面會關本，花音對此的回應非常簡潔。

「……請告訴我理由。」

簡潔到達也差點無法接話。

「不行就是不行。」

花音固執地重複回答「不行」。與其說她變得情緒化，更像是害怕著一旦討論起來，就會被達也給說服。

「所以說為什麼？要前往鑑別所面會，必須經由風紀委員長或學生會長申請，不過最終決定權在校方。這樣毫無理由就吃閉門羹，我實在無法接受。」

花音對前來質詢的達也蹙眉。她毫不隱瞞厭惡的表情。態度明顯刻薄到這種程度，達也不免懷疑自己做了什麼令她不高興的事——就算這麼說，達也沒有就此乖乖打退堂鼓的可嘉心態，所以花音的戰法很難稱得上成功。

「……因為會造成麻煩事。」

花音不甘願地開口回答，大概是判斷繼續抗拒也沒用。

「請問是基於什麼根據……說起來，所謂的麻煩事是什麼事？」

達也當然不會因為這種理由就認同，自然如此反問。

「所以你的意思是說！你們出動不會發生任何事嗎？」

花音的回應卻不知為何是質詢，而且聽起來相當生氣。

「看你似乎沒有自覺，我就趁這個機會說清楚！司波學弟，你受到麻煩事的寵愛！即使你沒那個意思也沒有任何過失，麻煩事也會自動找上門。別在這麼忙的時候增加我的工作！」

花音說得相當蠻橫不講理，話中氣勢卻不容許抗辯——何況達也檢討自己，覺得某些層面無法完全否定花音的說法。

「花音，這樣說達也學弟就太可憐了喔。」

這句話來自不再輔助新任委員長，但依然常來總部露面的摩利。

「達也學弟是當事人，難免想親自聆聽事由。」

「可是，摩利學姊！」

「花音，總之妳暫停一下。我也非常明白妳的感受。」

「您明白嗎！」達也如此心想，但摩利基本上算是在幫他辯護，所以他沒有插嘴，只在心中提出了異議。

「我與真由美剛好預定明天去探視關本，到時讓他同行就好吧？」

「嗯……摩利學姊也一起的話就可以。」

花音也無法在摩利面前堅持頑固的態度吧。即使消極，依然同意摩利的提議。

「你們那群人沒辦法一起去，但達也學弟這樣就行吧？」

達也老實說有點意見，不過看到花音的態度，他重新思考了一下，覺得自己也需要讓步，因此乖乖點頭。

◇ ◇ ◇

千秋在無窗病房的床上嘆息。

她閒到發慌。

她不是病患，也不是傷患。不對，她姑且有受傷，卻不到住院的程度。就她所知的範圍，身體沒有異常到需要被束縛在醫院病床上。

她被「關」在這間病房，是基於受傷與生病以外的原因。

對她來說，這裡是奢侈的監獄。

千秋知道自己即使被關進牢房也無話可說，所以不打算對這種剝奪自由的處分表達不滿（真心話就暫且不提），但她想解決這種無聊的狀況。並不是奢求能夠看電視、玩遊戲、上網或是製作模型，有個無法上網的廉價閱讀裝置就好。即使不是娛樂，強制勞動也可以。總之千秋只想解除這個無事可做、枯坐度日的狀態。

剛才……應該說兩個多小時之前，前來探視的護士轉告「今天的面會全部中止」。護士說昨天剛被歹徒入侵，這是以防萬一的措施。那場騷動不是觸發消防署警鈴，而是嚴重到觸動連結警局的緊急警鈴，進行這種措施也是理所當然。

反正原本就不會有人來探望——姊姊應該因為這次的事件對她失望至極——中止面會對千秋毫無影響，但她認為醫院用不著提高警覺。同時也察覺到「歹徒」的目標就是她自己。當時對方企圖撬開這間病房的門，除非她熟睡，否則再怎麼樣都會察覺。千秋推測應該是「那些傢伙」要來殺人滅口，她甚至連這件事都看開地認為是無可奈何。自己和那些傢伙只是暫時合作，不是同伴，這是千秋的認知，對方應該也這麼認為。對方為了避免情報洩漏而企圖除掉她，千秋認為這是自然而然的演變。

千秋處於「一切都無所謂了」的自暴自棄心態。如今她甚至不曉得之前為何對「那個人」抱持著強烈敵意，不禁嘲笑自己或許最適合在這間一無所有、一片潔白的病房結束人生。

在這個時候，有人輕敲病房的門。千秋正逐漸陷入癱軟狀態，但還殘留著質疑情況不對勁的悟性。下午的巡房已經結束，她沒有按護士鈴，而且不認為有人會過來探望，何況今天的面會已經全面中止了。

她感到疑惑時，再度響起敲門聲。千秋沒有深思就連忙以遙控按鈕開門。

「千秋小姐，身體還好嗎？」

開門進入的是出乎意料的人物——千秋曾經在內心深處預料過，如果有人前來探望，八成會是這名青年。

「周先生……」

千秋不忍看著姊姊陷入絕境的憔悴模樣而逃到夜晚的街上時，就是這個人溫柔地向她搭話。這個人認為不應該只有她們姊妹受苦，肯定她灰暗的想法。這個人告訴她，雖說是報仇也不能下毒手殺害，但是稍微還以顏色是被容許的做法。這個人指引她將無從宣洩的情緒宣洩到何處，也提供她「報復」的方法。

拯救千秋內心的恩人，捧著一大束花站在她面前。

「為什麼……？今天應該不能面會……」

非得道謝、非得道歉的事情明明堆積如山，卻計較這種無聊的事情，千秋打從心底覺得自己很丟臉。她一說出這句話，就很想推倒十秒前的自己。

「我使用了珍藏絕招。」

周說完輕輕閉上單眼。這是秋波。他是極為罕見，做這種動作也不會討人厭的青年。

「珍藏絕招……是魔法嗎？」

「不不不，和魔法不太一樣。」

千秋依照自己的常識，將珍藏絕招解釋為魔法。

但是周笑著搖頭回應千秋的詢問。

「即使沒有魔法，人們也能不斷引發奇蹟。但這種小技巧稱不上奇蹟就是了。」

周再度投以笑容，使得千秋（自認）總算是恢復正常思考的能力。

「那個，周先生，我……真的受到您各方面的協助，卻沒把事情做好……」

千秋正要說出「對不起」時，花束遞到她的面前。

這束花妖豔而美麗，營造出令人移不開目光的神奇魅力，千秋的意識被它奪去。

「不用在意這種事。」

千秋覺得周的聲音有點遠。

「不用在意我所做的事情，不過……」

千秋呆呆地注視花束，聆聽周的話語。

「如果會成為妳的懊悔……」

千秋的雙眼沒有對焦。

「如果會成為妳的重擔……」

周的聲音占據她的意識。

「妳可以忘記我。」

「忘記……？」

千秋下意識地低語，沒有意識到自己在說什麼，聽著自己的聲音。

「對，忘記吧。」

「忘記……忘記就好嗎……？」

千秋在周的引導之下，允許自己忘記。

「是的，忘記就好。」

「知道了……我會忘記……」

千秋命令自己忘記。

◇◇◇

十月二十五日週二放學後，達也和摩利、真由美一起前往拘留關本的八王子特殊鑑別所。距離論文競賽還有五天，準備工作進入最後衝刺階段，不過達也負責的部分順利進行，要空出兩三個小時外出綽綽有餘。

其實艾莉卡、雷歐與幹比古都想同行，但要和學姊同行就令他們卻步。對摩利抱持心結的只有艾莉卡，不過對純情的（？）男高中生來說，和不太熟識的高年級女生一起行動，是一種門檻很高的舉動——反正委任書從一開始，包含達也在內只有三人份。順帶一提，學生會工作忙得分不開身的深雪，以皮笑肉不笑的美麗笑容送哥哥離開。

三人在入口辦理各種手續，入內之後卻自由到令人掃興。職員甚至沒有同行，只交付一個導引用的ＬＰＳ終端裝置，原因在於真由美動用了「七草」的名諱。達也不知道這段過程，但不用問也知道此等特別待遇背後的隱情。

拘留關本的房間不是「牢房」。不是從外頭就能清楚看見內部的鐵牢，是如同狹小商務旅館的個人房，不過附設一間可以觀察室內狀況的隱藏房間。

真由美與達也進入隱藏房間，只由摩利和關本交談。這是摩利提出的要求，不過真由美與達也都沒反對。畢竟即使關本亂來，真由美有自信在隔壁房間因應；何況達也知道憑關本的能耐，再怎麼樣也不可能敵得過摩利。

從隱藏房間當中所見的關本，沒受到任何束縛，只是當然無法離開房間。靜靜地坐在床上的他，身穿類似醫院體檢服的簡單服裝。不用確認就知道徹底接受過身體檢查，暗藏武器或ＣＡＤ

的可能性是零。

達也與真由美所使用，偽裝成牆壁的觀察窗的正對面的門開了，現身的不用說當然是摩利。

在床上興趣缺缺地看著門打開的關本浮現驚愕神色，眼神在下一瞬間充滿懷疑與警戒。摩利獨自進房令關本感覺到危機。

「渡邊……妳來做什麼？」

坐在床上的關本輕摸左手腕，恐怕是下意識尋找被沒收的ＣＡＤ，情緒緊張到令人驚奇他聲音居然沒顫抖。

「當然是來問話。」

同樣是（前任）風紀委員的關本，非常清楚摩利的做法。關本知道她的作風毫不留情，因此無法壓抑內心湧現的恐懼。

「就……就算是妳，也沒辦法在這裡使用魔法！」

關本的指摘「原本」正確。這裡是拘留未成年犯法魔法師（的種子或幼苗）的設施，妨礙魔法的自動機器，例如「演算干擾」的無人發訊機尚未開發成功，但各處裝有檢測魔法的裝置。只要確認魔法發動就會噴射麻痺毒氣、啟動橡膠彈的槍座，或是裝備有晶陽石的警備員趕來。

「是嗎？」

——前提是監視系統正常運作。

關本正確地理解摩利失笑表情的意義。

「沒什麼時間，所以我只問重點吧。」

關本看到摩利的嘲笑（這是他的主觀）連忙閉氣——但已經遲了一步，何況這種魔法並非閉氣就能迴避。

關本的意識忽然模糊，沒有自覺到著了摩利的道，便開始回答她的詢問。

「是使用氣味操作意識？」

在隱藏房間觀察的達也，一眼就明白摩利做了什麼。

氣味會直接刺激情緒與記憶，這是上個世紀就從醫學角度解析出來的事情，而且使用精油的民俗療法，也是利用氣味對情緒的明顯影響。

摩利操作氣流，將複數香料送進鼻腔嗅覺細胞，強制讓對方聞到降低心理抵抗力的味道，產生如同自白劑的效果。

「達也學弟是第一次看到？」

達也看穿摩利的術式，真由美並不覺得意外。考量到達也的魔法知識與洞察力，真由美認為這種程度是理所當然。反而是他在風紀委員會和摩利共事半年卻從來沒看過這個技能，才令真由美感到意外。

「是第一次看到。不過要是明目張膽使用這種技能，我也會很困擾。」

真由美說聲「說得也是」同意達也這番話。法律嚴格限制魔法使用，何況這是可以用來洗腦的技術，隨意使用會使得旁人夾在「同伴意識」與「善良市民的義務」之間感到兩難。

和真由美交談的達也並未漏聽關本的「自白」。刺激他意識的是「原本預定從示範機抽取資料後，調查司波的私人物品」這句供詞。摩利詢問目的，關本回答「為了尋找聖遺物寶玉」。

「……達也學弟，你有那種東西？」

真由美驚訝地瞪大雙眼詢問。

「不，沒有。」

達也同樣覺得很想這麼問，但是否能正直回答是兩回事。

「可是……」

「不久之前，我為了『賢者之石』調查聖遺物的資料，或許是因而誤會了。」

這是達也在學生會長選舉前日也用過的藉口。真由美記得這件事，所以沒有進一步追究。但她並不是全盤相信達也的說法，主要原因在於現在無暇顧及這件事。

達也說出煞有其事的謊言沒多久，八王子特殊鑑別所內部便響起緊急警報聲。

聽到警報聲的三人反應很快。

摩利將意識依然朦朧的關本推倒在床上（不是讓他慢慢躺下），離開房間鎖門。真由美與達也此時也離開隱藏房間。

「有人入侵。」

達也看著天花板的告示板這麼說。真由美與摩利同時抬頭，確認達也這句話是事實。

「是哪個不要命的傢伙……」

摩利以戰慄與無奈交加的聲音低語。前天的魔法大學附設醫院遇襲案件，使得警視廳在東京西區布下特別警戒態勢。雖然還沒以當地警察層級（先不提實質狀況，但依照組織形式，警視廳等同於「東京都警」）出動警察省的治安機動隊（國內維安軍），但今天警方巡邏次數比平常高五成，這間八王子特殊鑑別所處於百分之兩百的警戒狀態。在這種狀況還刻意闖入，對方不是具備高超能耐就是真正的笨蛋——摩利直覺認為是前者。

「達也學弟，你知道是哪個方向嗎？」

真由美這麼一問，達也就操作ＬＰＳ終端裝置。透明掀蓋型螢幕以立體地圖顯示不透明的避難路徑。從這條路徑反推，就能查出入侵者的現在位置。

「看來是從樓頂入侵。不曉得是從飛機跳落，還是利用推進器跳上去，總之就是這麼回事。現在位置應該在東側階梯三樓附近。」

真由美聽完達也的回應，以沒對焦的雙眼看向半空中。她的天生技能——知覺系魔法「多重觀測」全力運作，找出達也指示的地點。

「……完全猜中，達也學弟真是了不起。入侵者共四人，裝備高威力步槍。」

「高威力步槍」是對付魔法師用的步兵武器。為了讓子彈速度能射穿反物質防禦魔法，使用的火藥爆發力約為一般衝鋒步槍的三至四倍。由於威力強大，需要精密的製造技術，不是普通恐怖分子能取得的武器。

「警備員正在階梯轉角架設護盾應戰。」

「走廊出入口拉下隔離牆封鎖了。」

繼真由美的實況轉播，達也檢視建築物內部立體地圖的顯示。三人正位於接近中央階梯的二樓，看狀況應該不用過度慌張，不過……

「這裡才是重頭戲嗎……」

達也犀利地注視中央階梯，摩利緊跟著瞪向階梯出入口。

「咦，什麼？」

真由美似乎不清楚兩人在警戒什麼，但也只維持片刻。

高大的年輕男性出現在三人視線前方。他比達也高一個頭，所以身高大約一八五公分以上。結實的身體毫無笨重氣息，給人大型肉食動物的柔韌感。這名青年的氣息異常薄弱，大概是基於某種技能吧。他的氣息稀薄到即使看在眼裡也會不小心忽略，不過距離這麼近就和隱形無關。摩利對這個人有印象。

「呂剛虎。」

真由美聽到摩利這聲細語，依然心裡沒底地露出詫異的表情。達也嚴肅的表情沒有變化，但他不用聽摩利說名字就認得對方長相——當然也知道對方的實力。

走向這裡的呂，目光停在達也等三人身上。嚴格來說，呂的視線投向摩利。

「這時候應該逃走才對，不過看來晚一步了。」

達也平淡地說完，走到兩人前方。

他朝著呂踏出腳步，摩利抓住他的肩膀制止。

「由我打頭陣，麻煩達也學弟保護真由美。」

達也覺得這番話太亂來了。摩利確實年僅高三就習得堪稱一流的魔法戰鬥技能，但呂剛虎在魔法近戰領域是「超一流」，正面硬碰硬極為不利。達也這種「反常」的人理應較有勝算。

「摩利，小心點。」

但真由美出乎意料地贊成摩利要求的陣型。既然現在無暇起內鬨，只能由達也讓步。

「我知道他不是等閒之輩。」

摩利就這麼面向前方輕輕舉起左手，如同拍打自己的裙子，由後往前用力往下揮再舉起來。

隨著「啪唰」的聲音，平常以布料定型功能隱藏起來，以極薄布料製作而成，側邊三角打摺展開的裙子大幅捲起。深褐色內搭褲包覆的美腿盡收眼底，露出綁在大腿的棍套。摩利迅速抽出一把武器，是長約二十公分的方形短棍。

翻動的裙子恢復平靜，遮住摩利煽情的雙腿曲線。這幅光景不可能奪走呂的目光，但他看到摩利以左手握武器擺出架式，才終於擺出類似備戰的動作。

呂剛虎微微前傾，雙手垂在身前微微彎曲手指，全身充滿隨時會撲過來的氣勢。

率先發難的不是摩利或呂，是真由美。

兩側牆壁與天花板浮現類似煙靄的物體，無數白色子彈於下一瞬間射向呂。即使呂立刻往前衝，乾冰子彈依然有半數捕捉到他的身體。

但呂毫髮無傷。覆蓋身體的鋼氣功鎧甲彈開乾冰子彈，凶狠的戰士就這麼襲擊摩利，摩利以四十公分長的刀刃迎擊。

響起低沉的金屬聲響，呂的右手擋住摩利這一招，但呂緊接著抬頭往後倒。長二十公分，邊緣研磨銳利的短籤從呂的眼前經過。摩利的武器是以細鋼絲串起二十公分握柄與兩張二十公分短籤，呈現三節構造的小型劍。

真由美施展第二波射擊，呂大幅向後跳。他的直覺無誤，地面與牆壁刻出無數傷痕。真由美製作的子彈比第一波更細更硬，速度也更快，是貫穿力倍增的子彈。

呂的臉上首度出現人類會有的表情，是疑惑。他側腹受傷，知道自己身體確實不是處於萬全狀態。即使如此，區區學生——而且是女高中生卻令他花這麼多工夫，呂難以相信這個事實。但是呂剎那間便抹除內心的迷惘，決定收起隱形術式，全力應付眼前這場戰鬥。

呂全身表面構築出好幾層想子情報體，達也知道這是和反物質護壁魔法同質的情報體。至今呂是讓高密度想子流經皮膚，製造出強化皮膚構造情報的效果。如今他切換為護壁魔法。

真由美施展第三波射擊，呂剛虎以反物質護壁擋下，就這麼以堪稱神速的突擊進逼摩利。摩利將兩枚劍刃固定為直線採取迎擊架式，但從護壁魔法的強度來看「普通反擊」不管用。

呂在即將接觸摩利的瞬間消失。

摩利連忙往右看。這個動作幾乎出自直覺，幸好猜中了。

而且來不及了。

呂剛虎的身體脫離摩利小型劍的攻擊範圍。

摩利在心中大喊：「真由美！」她甚至無暇說出口。

呂和站在真由美前方的達也正面對峙——接著全身被想子洪流吞噬。

術式解體。

達也眼見呂剛虎的鋼氣功從情報強化切換為反物質護壁開始，就持續對想子粒子群加壓，如今這股想子波拆下了呂的鎧甲。

呂的雙眼染上藏不住的驚愕。

真由美立刻施展射擊魔法。

呂的反應不負「超一流」的評價。

呂瞬間壓抑反物質護壁型鋼氣功被破解的慌亂情緒，重新構築情報強化型的鋼氣功。

但真由美這次的射擊減少彈數，相對增加每一發的威力，呂沒能毫髮無傷地撐下來。

中彈的衝擊以及沐浴在大量想子的狀況造成知覺混亂，使得呂停下腳步。

摩利從後方發動攻擊。

左手高舉的小型劍上頭有兩枚劍刃離開握柄，短籤形的劍刃旋轉來到呂的頭頂。

摩利刺出右手，黑色粉末從手中飛向呂的頭部。

呂一回頭就緊急保護眼鼻。

黑色粉末如同要從呂的頭上包覆般擴散，發出微暗的光芒消失。

呂的身體大幅搖晃。以摩利的吸收系魔法急速「燃燒」的碳粉，抑制燃燒時的光與熱，只著重於氧化效果，使得呂剛虎周圍的氧氣被吞噬殆盡化為二氧化碳，成為瞬間缺氧狀態。

摩利將剩下細鋼絲的左手武器往下揮，沿著鋼絲的斥力之刃形成「壓斬」。而且斥力之刃不只一把。從頭頂落下的兩張短籤也以「壓斬」包覆，配合摩利這一招，以超越重力加速度的速度落下。即使是再厲害的高手，也不可能迴避同時來自三方向的劈砍，「食人虎」呂剛虎也不例外。呂躲開摩利揮下的鋼絲，但兩張短籤命中肩膀與背部。即使呂擁有鋼氣功，但他剛被真由美的射擊魔法擊中，又處於缺氧狀態，鎧甲無法發揮十足的硬度，因此兩張短籤插入呂的身體。即使免於斷骨，利刃深插皮肉的打擊依然成為最後的臨門一腳，使得呂終於倒下。

騎兵隊往往來不及支援前線，所以來得及的時候會成為佳話。

這次也一樣。警備隊趕到現場支援時，呂剛倒地不久。四名警備員看到一名青年背部插著刀刃倒地的光景而驚愕，但他們看到三人的制服後立刻逮捕呂，應該是知道真由美的身分。

達也做好準備等待接受偵訊，卻出乎預料沒有進行偵訊，這應該也是「七草」這個姓氏的威力。話雖如此，達也對此並無不滿。他很感謝不需要因為這種狀況浪費時間，真由美與摩利應該也一樣。三人以眼神相互示意之後離開現場。

走出鑑別所外門時，摩利略微躊躇地朝達也搭話。

「達也學弟，那個，我想你應該知道，別說出去。」

即使是達也，當然也無法光是如此就完全理解她的意思。

「學姊要我別說出去的，是您那把武器的事？還是『童子斬』的事？」

達也以這個問題做確認，不只是摩利，連真由美都嘆了口氣。

「你果然知道嗎……」

「達也學弟真的什麼都知道耶……」

兩人的反應，讓達也確定要保密的是「童子斬」的事，但他覺得兩人有點敏感過度。

「我並不是什麼都知道……不過源氏祕劍『童子斬』是頗為知名的魔法吧？」

摩利解決呂的時候，使用的是三方向同時斬擊。和忍術一樣隱藏魔法層面真相的這種祕術，是將「同時斬」以同音的「童子斬」為隱語，只在源氏一門少數劍士之間相傳至今的招式。不過在魔法為人所知之後，研究者也知道「童子斬」這個招式名稱。

「我不會說出術式內容，這是理所當然。」

達也的回應，使得摩利露出躊躇與害羞各半的表情。

「這部分我當然相信你……但我希望你也別透露我會使用『童子斬』。」

達也沒有聊八卦的興趣，所以摩利要求他保密，他當然只有一種回應。

「好的，沒問題。」

達也不想詢問原因，但摩利不知為何主動說明。

「感謝你的幫忙。其實那個術式不是正式傳承下來的東西，是家裡代代相傳的古文書所記載的招式，我請修協助我一起摸索，不知為何就成功了。」

達也聆聽摩利的這番話，心想「修」指的應該是千葉修次。這麼說來，剛才的「童子斬」也併用了那位「魔法近戰天才」擅長的魔法。

「原來如此，所以才加入『壓斬』的術式。」

「總之，就是這麼回事。而且……我家算是渡邊綱的後裔。即使姑且屬於源氏一門，地位絕對不算高。要是我這個渡邊家的人會用源氏祕劍的消息傳出去，明顯會造成各種麻煩事。」

達也能理解摩利的意思。即使他自己思考，也預料這會成為相當麻煩的狀況，但……

「但要是您以實戰魔法師的身分成名，也沒辦法一直保密啊。」

到最後還是無法避免麻煩事吧？達也的指摘令摩利面色凝重。

「這我也明白。但我至少想在學生時代避風頭。」

摩利噘起嘴，旁邊的真由美發出清脆笑聲。

「我明白了。如同剛才所說，我不會說出去。」

總之，達也同樣不想進行低格調的惡整行動，老實說他覺得一點都無所謂。這種程度的口頭保證是小事一樁。

◇◇◇

「全國高中生魔法學論文競賽」將在兩天後進行的週五深夜，達也用過晚餐洗過澡後稍微休息時，藤林打電話給他。

『……所以，間諜組織的執行部隊在這三天幾乎全逮捕了。』

藤林以制式語氣結束整理得宜的說明，在螢幕另一頭放鬆表情。

『達也提供的情報幫了大忙。很遺憾，隊長陳祥山跑掉了。不過相對的，達也你們抓到呂剛虎，這個結果大致令人滿意，謝謝。』

「別這麼說，畢竟這是我的請求。」

『表面上是如此，但受害的不只魔法科高中與FLT，像是超理電子或九十九魔學等專業製作公司，甚至是東方技產這種非專業公司，都被這次的產學間諜組織害得很頭痛。諜報與防諜都不是我們的管轄範圍，但依照我們部隊的性質，這種以魔法技術為目標的間諜，我們不能視而不見，即使你沒有主動連絡，我們也預計在最近出動，只是稍微將計畫提前。以我的立場，你真的幫了很多忙。』

「這樣啊。話說回來，聖遺物的事情是從哪裡洩漏的？」

『說來丟臉，是從軍方的經費管理資料外洩出去的。所以軍方付費委託研究魔法的單位，才會被對方逐一盯上。』

達也點了點頭。原來如此，難怪手法不上不下。

對方似乎真的是隨意入侵。這種做法看起來成本效率很差，但情報原本就是良莠不齊。真正派得上用場的情報，即使搜尋智慧財產權資料庫，一千筆能找到一筆就算好了。間諜或許也是相同的狀況——達也如此心想。

『逮捕的成員國籍來自東洋各國，或許可以抓到那座城市的把柄。』

「您似乎很高興。」

『這種事無須隱瞞。我生性膽小，無法忍受敵人可能躲在自家院子的狀況。到時或許會再請你幫忙，拜託囉。』

「如果是任務，我就不會拒絕。感謝您特地打電話通知。」

『別客氣。週日好好表現喔，我為你加油。』

藤林以這句友善的激勵結束通話。很明顯，她沒把這次的事件看得很重要，只視為常見的魔法技術竊取案件之一。其實達也的想法也只有「這次的對象是個大人物」這種程度。

不過，這種定論下得有點早。

◇◇◇

達也回到客廳，一屁股坐在沙發上。不如以往的粗魯動作，顯示出他的疲勞程度。在體力方面，即使連續熬夜或半熬夜一星期也沒什麼大不了，這份疲勞反倒是來自心情。準備論文競賽的過程中，他必須以「和自己不同」的做法，研究「加重系魔法三大技術難題」之一的重力控制魔法式熱核融合反應爐，還要以自己的固有能力，將號稱現在技術不可能複製更不可能分析的聖遺物，進行「意義上」的構造解析並「翻譯」成化學式。加上必須注意產學間諜，即使是達也，精神上依然非常疲累。

達也就這麼坐在單人沙發閉上眼睛，將頭大幅向後靠在椅背，暫時放空腦袋。不過，這個姿勢沒什麼特殊意義，只是心情上的問題。

一如往常坐在達也身旁的深雪，沒有因為哥哥忽然封閉在自己的世界而不滿。達也只會對深雪露出這麼毫無防備的樣子，她反而很高興哥哥會在她面前如此放鬆。

深雪並不是希望哥哥總是滿腦子只有她，光是像這樣陪伴在身旁就十分滿足，只要哥哥偶爾關懷就無比幸福。若只以達也為限，「任憑擺布的女人」這句話對深雪來說只是一種稱讚。不過肯定幾乎沒人敢對深雪講這句話。

現在比起感到不滿，深雪更擔心哥哥的狀況。即使再怎麼放鬆，在深雪的記憶裡，達也很少像這樣「真正」疲累到這種程度。

深雪小心翼翼地避免發出聲音，從沙發站了起來，繞到達也的正前方，靜靜觀察他閉目的臉龐。她把長長的秀髮撥到左方以左手按住，以免髮稍落在達也的臉或身上而被察覺。將右手放在沙發扶手支撐自己的體重，以免碰到哥哥的手。百褶裙的裙襬幾乎要碰到哥哥的腳，使得深雪心臟用力跳得好大聲，不過達也的姿勢完全沒變。深雪不禁心想，下定決心穿這麼短的裙子出乎意料地立了大功。

就深雪所見，哥哥的氣色沒有她擔心的那麼差。深雪對此鬆了口氣，繼續觀察達也的臉是否有異常的徵兆。像這樣近距離看著哥哥的臉，使得深雪的意識逐漸朦朧。恍惚的大腦忘記自己為何在做這種事，不知道自己接下來想做什麼事，將臉湊得更近。

心跳加速，腦袋充血，完全無法思考。深雪放空內心注視哥哥的臉，甚至在感覺得到呼吸的近距離忘記屏息。達也不可能沒察覺，就這樣忽然張開眼睛。

達也與深雪四目相對。

時間靜止了。不只達也，總是處於凍結他人立場的深雪，全身的運動機能也凍結了。

達也與深雪的臉上都只染上驚愕的表情，就這麼面對面相互注視。

可能是深雪的身體承受不了這個不自然的姿勢，忽然間她往前傾了一下。

深雪的臉接近達也的臉，深雪的嘴唇接近達也的嘴唇。

兩人未經己身意願，即將跨越那條禁止跨越之界線。

——就在最後一刻，達也的身體功能恢復了。

「危險！」

在達也輕聲告知之前，他的雙手已經摟住妹妹的肩膀。

「呀啊！」

可能是達也的攙扶，使得深雪失去支撐自己的力量，也可能是剛好用盡力氣。她踉蹌地跪在沙發上。正確來說，是單腳跪在沙發上達也的大腿。

兩人再度凍結。

達也與深雪都睜大了眼睛，在即將接吻的距離下注視彼此。

達也的雙手左右包覆深雪的肩膀。

深雪單腳跪坐在達也身上。

不過，這次冰塊融化的速度也比較快。

以免兩人將過錯化為現實，仰著頭的達也謹慎移動頭部，將頭恢復為正確的角度。

達也的視線自然向下，從深雪的臉到頸子、胸口，繼續往下。

在哥哥視線的帶動之下，深雪戰戰兢兢地俯視自己的身體。之所以「戰戰兢兢」，是因為她不用看就知道自己的狀態。

正如預料，深雪不只露出了跪在哥哥身上的醜態，百褶短裙還大幅拉開到超過原本的容許範圍，處於勉強遮住春光的狀態。

「非常抱歉！」

深雪猛然從達也身上移開腳，以十足的力道低頭致歉後，便化為疾風（但還是沒造成腳踢到傢俱的丟臉模樣）跑出客廳衝上了二樓。

深雪衝進自己臥室，迅速鎖門背靠門板，就這麼緩緩癱坐下去，雙腳想站起來也使不上力。或許是拜植入潛意識的淑女教育之賜，她希望至少讓膝蓋併攏端正坐姿，但是用盡力氣逃進臥室的身體甚至做不到這種事，臀部在雙腳之間貼地。

深雪任憑裙子張開坐在地上，以不文雅卻只有背脊挺直的這個姿勢恍神好一陣子。發熱的大腦拒絕思考，但是經過一段時間之後，緊急避難中的思考能力也逐漸回到崗位。

自己在哪裡？

自己在做什麼？

自己為什麼獨自在臥室像是這樣——

深雪忽然雙手掩面，低下了頭。手掌好熱。她不用看鏡子也知道自己臉蛋火燙。

（我怎麼對哥哥做出這種事……！）

現在的深雪完全不知道自己當時在想什麼，只能說是鬼迷心竅了。

（我只差一點，就會和哥哥接……接……接……）

意識再度過熱失控，思緒完全當機。

要是就這樣扔著不管的話，深雪大概到天亮為止都會是這種狀態。不然就是重新啟動與當機的無限迴圈。

不過，達也當然不會扔著深雪不管。

「深雪？」

「是！」

達也在門外關心地呼喚的聲音，使得深雪以像是坐著跳起來的力道回應。

從火熱臉蛋移開的雙手放在大腿上緊握著，溼潤的雙眼感覺隨時會掉眼淚。背部、肩膀以及筆直下垂的雙手都過度用力，使得她的身體微微顫抖，如同遭受驚嚇。

「方便進去嗎？」

「請稍待！」

即使如此，深雪內心也未曾想過違抗哥哥的話語，這種選項甚至不存在。她迅速起身，剛才雙腳使不上力就像是假的，直到前一刻都還在顫抖的手流暢地打開門鎖。

「請進。」

深雪打開門，稍微往旁邊移動，讓哥哥有空間進房。但達也沒踏出腳步。

哥哥看著我……

深雪無法和他四目相對，努力裝作若無其事般轉過頭，以肌膚感受哥哥注視的視線。

身體立刻變得火熱。

不是剛才那種羞恥心導致身體表面發燙的熱，是如同身體從骨子裡逐漸融化的熱。身體的溫度沒有極限地不斷上升——不是體溫，是體感溫度——使得深雪終於無法承受，將別開的頭與移開的雙眼轉向達也。

超過十五公分的身高差距，使得深雪抬起了頭，盈眶的淚水因為這個動作而從眼角滑落。深雪連忙要舉手擦淚，然而達也卻不知何時從兩側輕撫深雪臉頰的手阻止了她。並且以拇指輕輕地為妹妹拭淚。

「總之，那個，該怎麼說……」

深雪雙眼圓睜而語塞，達也以直言不諱的語氣對她開口。

「抱歉，似乎害妳擔心了。我沒事，所以深雪也別介意。」

達也以笨拙的笑容如此告知後，放開深雪的臉。

「樓下由我收拾，妳今天就休息吧。」

達也以有點害羞的語氣如此命令深雪，不等回應就轉過身去。

深雪目送哥哥的背影下樓消失後，輕輕關上房門。

她搖搖晃晃地走到床邊，慢慢脫下衣服，就這麼只穿內衣鑽進被窩。

大概是終於回神，深雪開始在床上左右翻滾。

全身扭動的她表情和剛才截然不同，看起來非常幸福。

◇ ◇ ◇

時鐘的時針走過頂端，日曆上的明天將在此處橫濱舉辦「全國高中生魔法學論文競賽」。不過就算如此，市區也沒有籠罩什麼特殊的氣息。對於魔法科高中學生來說，論文競賽是一項特殊活動。對於獲選為代表的學生來說，可能是影響未來的重要競賽；對於和魔法無緣的市民來說，卻只是每年舉辦的幾十種活動之一。

在這個時代，中華街依然是橫濱主要的娛樂區之一。大部分的店家一如往常地迎接客人，在一如往常的時間打烊。

在眾多餐廳之中，店面尤其寬敞的這間店，外面的燈也已經關了。以素雅光線照亮的這個房間，是店外看不見的深處私人起居室。

兩名男性在這裡相對而坐。桌上是兩人份的酒杯，杯裡滿滿的老酒堪稱頂級，兩人卻滴酒未沾。不，端酒出來招待的青年覺得有點浪費，但相對而坐的壯年男性沒拿酒杯，他只好配合對方放著酒不喝。

「周先生，這次完全受您照顧了。」

「閣下，不敢當。」

陳以傲慢語氣說出相反的客氣話語，周恭敬地露出客氣笑容，看著對方低頭致意。

「祖國通知要派遣艦艇前來。多虧如此，接下來的作戰可以順利進行。」

「很榮幸能成為您的助力。」

陳與周的表情一如往常，兩人從坐下後就沒變過表情。

「不過，有個問題還沒解決。」

「哎呀，陳閣下，請問是什麼問題？」

早已掌握彼此個性的兩人，戴著「一如往常的表情」的面具互探虛實。

「您或許知情了，武運不佳的副官已落入敵人手中。」

兩人的表情變了。陳以充滿遺憾的心情這麼說。

「我知道。真的只能說運氣不好，沒想到呂先生會……」

周則是露出沉鬱表情，以由衷同情的聲音如此回應。

「不過，即使這次被敵方拘捕而失態，他依然是我國必要的武人。」

周默默地點頭同意陳這番話，以免因為說話而無謂地被抓到把柄。

由於周不發一語，陳只好放棄原有念頭，主動提出委託。

「可以請您再協助一次嗎？」

陳沒低頭就直接這麼說，周微微張大雙眼表達驚訝之意，接著破顏微笑。

「喔喔，閣下，那當然。我無法坐視同胞陷入危機。」

周維持笑容，從桌面探出上半身。

「其實就在後天早上……不對，在日曆上已經是明天了，呂先生將被移送到橫須賀的外籍罪犯監獄去。」

周提供的情報，使得陳由衷地表現驚訝之意。

「真的？」

「是的，時機實在恰到好處。我也調查過移送路徑了。」

除了暗中安排將移送時間延到明天早晨的這件事，周向陳說明了詳情。

「要說代價也不太對，不過明天的作戰，請盡量讓這條街……」

「那當然。」

周結束說明之後，以顧慮的神情說出這番話。陳沒等他說完就點頭回應。

「作戰的第一目標是魔法協會關東分部。即使多少免不了造成損害，但我已經囑咐作戰指揮官，盡量避免波及到這條中華街。」

「感謝您的關照。」

周明知陳只是隨口允諾，依然恭敬地低頭致意。

——距離論文競賽只剩下一天。達也還不知道風暴即將來襲。

〈待續〉

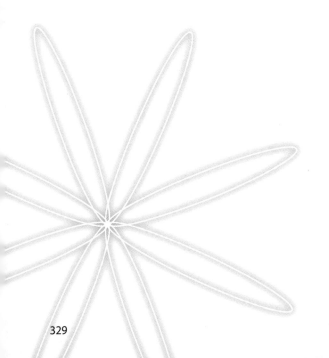

後記

《魔法科高中的劣等生》系列很快地就來到第六集了。這都是多虧了各位讀者的支持，真的非常感謝。

本系列未曾以一本結束一篇劇情，這次的〈橫濱騷亂篇〉也是分成上下兩集。不會是上中下三集，請各位放心——這不構成自豪或藉口就是了。

我想很多讀者知道，這部作品是將網路發表的同名作品校潤改寫，以「完全版」的方式獻給各位。此外在「完全版」之後，並未預定要出「新完全版」或「真完全版」或「最終完全版」或「究極完全版」之類的版本。

——玩笑就到此為止。本作品在網路發表當時，有不少章節主要基於時間理由而刪除，填補這些部分也是出書時的主要工作之一。這次獻給各位的第六集以及後續的第七集，是補充部分較多的兩集。比方說，至今沒有表現機會的某人認真起來，或是實際上只有名字出現的某人大顯身手之類的。下集也會追加劇情，解釋某人和某人成為那種關係其實是基於某種理由。本集還增加了一些先前完全不存在於我腦中的場景，例如類似校慶的那一幕，或是修行時的不幸（？）意外等，包含這些部分在內，各位應該會看得很愉快。

第七集的預定時間不是下個月，而是下下個月。九月出版第七集的同時，應該也能公開一些跨媒體相關作品的消息。

充滿華麗戰鬥的下一集〈橫濱騷亂篇〉下集，也請各位多多指教。

（佐島　勤）

Kadokawa Light Novels

我的妹妹哪有這麼可愛！ 1~10 待續

Kadokawa Fantastic Novels

作者：伏見つかさ　插畫：かんざきひろ

京介的獨居生活展開！
眾女展開照顧爭奪戰!!

那個笨蛋開始了獨居生活。除了集中精神準備學測，另一個原因則是媽媽最近因為我和京介的感情太好而有了莫名其妙的懷疑……不過，事情會變成這樣我的確也有點責任……所以只好由我出面照顧他啦！

各 **NT$180~240/HK$50~68**

台湾角川

國家圖書館出版品預行編目資料

魔法科高中的劣等生 . 6, 橫濱騷亂篇 /
佐島勤作 ; 哈泥蛙譯 . ──初版 .──臺北市 :
臺灣國際角川 , 2013.04-
冊 ; 公分 . ── (Kadokawa fantastic novels)

譯自 : 魔法科高校の劣等生 . 6, 横浜騒乱編 . 上
ISBN 978-986-325-302-0 (上冊 : 平裝)

861.57 102002581

Kadokawa
Fantastic
Novels

魔法科高中的劣等生 6
橫濱騷亂篇〈上〉

（原著名：魔法科高校の劣等生6 横浜騒乱編〈上〉）

2013年4月24日 初版第1刷發行
2021年1月11日 初版第8刷發行

作者：佐島勤
插畫：石田可奈
日版設計：BEE-PEE
譯者：哈泥蛙

發行人：岩崎剛人
總編輯：蔡佩芬
編輯：黎夢萍
美術設計：黃永漢
印務：李明修（主任）、張加恩（主任）、張凱棋

發行所：台灣角川股份有限公司
地址：105台北市光復北路11巷44號5樓
電話：（02）2747-2433
傳真：（02）2747-2558
網址：http://www.kadokawa.com.tw
劃撥帳戶：台灣角川股份有限公司
劃撥帳號：19487412
法律顧問：有澤法律事務所
製版：巨茂科技印刷有限公司
ISBN：978-986-325-302-0
